KB105877

교실, 또 다른 발자국

교실, 또 다른 발자국

발행일	2020년 7월 15일
지은이	서화영 외 17명
펴낸이	홍성일
출판 기획	김유진, 서화영, 최가영
펴낸곳	구름학교 출판사
출판등록	2017.8.16./제2017-000009호
주소	경상남도 김해시 번화1로 79번길 4. 다인메디칼빌딩 8층 구름학교
홈페이지	https://thecloudsschool.com
이메일	gayoung@thecloudsschool.com
전화번호	055.333.6309

편집/디자인	(주)북랩 김민하
제작처	(주)북랩 www.book.co.kr

ISBN   979-11-967221-2-8 03810 (종이책)   979-11-967221-3-5 05810 (전자책)

잘못된 책은 구입한 곳에서 교환해 드립니다.
이 책은 저작권법에 따라 보호받는 저작물이므로 무단 전재와 복제를 금합니다.

이 도서의 국립중앙도서관 출판예정도서목록(CIP)은 서지정보유통지원시스템 홈페이지(http://seoji.nl.go.kr)와
국가자료공동목록시스템(http://www.nl.go.kr/kolisnet)에서 이용하실 수 있습니다.
(CIP제어번호: CIP2020029380)

오늘 수업 망해 수다

교실, 또 다른 발자국

서화영 외
17명

프롤로그

일을 잘못하여 뜻한 대로 되지 아니하거나 그르침 (표준국어대사전, 2020)

'실패'의 사전적 정의는 위와 같다. 사람은 누구나 살아가면서 실패를 거듭한다. 아이들도, 어른들도 실패를 통해 앞으로 나아간다. 끊임없이 넘어지고 다치고 그러나 다시 일어서서 걷고 또 달린다. 인간의 삶이란 이러한 실패의 연속이라고 해도 과언이 아니다. 우리는 이러한 과정을 끊임없이 반복하며 살아간다. 교사도 사람이다. 고로 교사도 실패한다. 그런데 교사는 자신의 실패를 쉽게 털어놓지 못한다. 왜 우리 사회는 유독 교사의 실패에만 날카로운 시선을 보내는 것일까. 그리고 왜 교사는 자신의 실패를 쉽게 인정하기 어려울까?

이 책은 18명 교사들의 눈물겨운 실패담을 담고 있다. 교실에서 아이들과 수업을 하다가, 학급을 운영하다가, 학교에서 교육 활동을 진행하다가 교사들은 실패한다. 그 과정에서 아이들이나 학부모 혹은 동료 교사로부터 상처를 받아 울기도 하고, 그들이 미워지기도 한다. 때로는 교사로서의 사명감도 집어 던진 채 수업도 하기 싫고, 학교에 가기 싫은 마음이 들기도 한다. 왜 이렇게 교사들은 끊임없는 실패를 경험하는 걸까?

실패를 경험하는 사람들은 모두 한 가지 공통점이 있다. 바로 그 일을 위하여 열심히 노력했다는 점이다. 노력을 다하지 않은 사람은 설령 어떤 일이 뜻한 대로 되지 않더라도 그것을 실패라고 표현하지 않는다. 가령 재미로 해본 복권에 당첨되지 않았다고 해서 실패했다고 말하진 않는다. 어찌 보면 실패로 아파하고 힘들어하는 것은 노력한 자만이 누릴 수 있는 특권이다. 바로 그래서 교사의 실패가 더 많지 않을까? 아이들을 가르친다는 사명감으로 최선을 다하여 교육 활동에 임하였기에 그것이 뜻대로 되지 않을 때 누구보다 크게 좌절하고 상심하게 되는 것이다. 그렇다면 교사의 실패는 부끄러움의 소치가 아닌 자랑스러운 훈장이다. 누구보다 교사로서의 삶을 치열하게 살아내고 있는 이들, 그들이 존경스럽다.

실패가 두렵지 않은 사람이 있을까? 이 책의 교사들 또한 여느 사람들처럼 모두 실패가 무서운 사람들이다. 그러나 그 실패를 딛고 일어나 교사로서 잘해보기 위해 또다시 도전한다. 눈물겨운 실패에도 불구하고 교사들이 끊임없이 도전할수 있는 힘의 원천은 무엇일까? 바로 '행복한 교사'가 되고 싶다는 가치를 지향하기 때문이다. 대한민국의 모든 선생님들은교실 안에서 학생들과 더불어 행복하게 살아가기를 꿈꾼다.이를 실현하기 위해 끊임없이 실패하고 다시 도전하기를 주저하지 않는 것이다. 그렇기에 교사의 실패는 실패가 아니다. 아이러니한 이 말을 이 책 속 교사들의 삶이 증명하고 있다.

교사의 실패는 행복한 교사로서의 삶을 완성하기 위한 하나의 과정이자 절차이다. 교사로 첫발을 내딛자마자 행복한 교사라는 목표를 달성하기란 거의 불가능하다. 처음 접하는 교실이라는 환경에서 처음 만나는 아이들과 끊임없이 맞추어가고 서로 조율해 나가는 과정이 꼭 필요하다. 이를 단지 실패로치부해버리기엔 교사는 이를 통해 너무나 많은 것들을 배우고얻어 간다. 이 과정이 밑거름이 되어 언젠가 행복한 교사로서의 삶을 꽃피우게 된다. 지금 이 순간에도 저마다의 꽃을 피우기 위해 수없이 깨지고 넘어지고 있는 대한민국의 교사들에게이 말을 꼭 해주고 싶다.

"선생님들의 실패가 자랑스럽습니다. 그리고 응원합니다!"

차례

1 부

실패가 두렵다

아! 수업하기 싫다

김대현

수업을 잘하고 싶다

수업을 잘하고 싶다. 그런데 막상 수업을 하면 내가 생각한 대로 수업이 안 된다. 그러니 수업을 하면 할수록 수업하기가 싫어진다. 잘하는 건 계속하고 싶지만 잘못하는 건 하기 싫은 것이 사람 마음이 아닐까? 그래서 학생들도 공부를 하다 어려운 것이 나오면 포기하나 보다. 그런 학생들한테 포기하지 말고 끝까지 하면 잘할 수 있다고, 어려워도 참고 버티다 보면 잘하게 될 것이라고 격려했다. 지금은 나한테 그런 말들이 필요하다. 수업이 즐거울 때도 있었다. 그런데 지금은 수업이 힘들다. 나는 왜 수업하기 싫어졌을까?

📖 첫 발령, 수업에 대한 아쉬움

첫 발령지는 경남에 있는 시골 학교였다. 그곳의 학생들은 학업 능력이 낮았고 가정환경도 좋지 않았다. 소위 말하는 기피 학교였다. 그런 학교에서 어떻게 수업을 할 것인가에 대해 늘 고민했다. 1년 동안 고민한 결과 학생들에게 진짜 필요한 것을 해야겠다고 결심했다. 2년 차 때 진도를 무시하고 학생들의 수준에 맞는 수업을 했다. 자신의 수준에 맞는 문제들을 통해 학생들은 작은 성취감을 쌓아 나갔다. 그런 성취감을 통해 대부분의 학생들이 수업에 참여하기 시작했다. 그러니 나도 보람을 느끼며 즐겁게 수업을 했다. 하지만 항상 마음속에는 수업에 대한 아쉬움이 있었다. 학생들이 수학을 조금 더 깊이 있게 공부하며 수학의 즐거움을 느꼈으면 했다. 하지만 그런 수업은 하지 못했다. 도시 인문계 학교에 가면 그런 수업을 할 수 있을 것이라는 막연한 기대감만 있었다. 4년간의 첫 발령지에서의 근무를 마치고 도시 인문계 학교인 창원중앙고등학교로 이동했다.

📖 새로운 학교에 대한 기대와 망해가는 수업

도시 인문계 학교에만 가면 내가 꿈꾸는 수업을 펼칠 수 있을 것 같았다. 도시 인문계 학생들은 기본적인 사칙계산을 다 할 수 있고, 학업에 대한 관심도 높아 탐구하는 수업이 잘 될 것 같았다. 큰 기대를 품고 창원중앙고등학교의 생활을 시작했다. 나는 고3 담임을 맡았고 기하와 벡터를 가르치기로 했다. 첫 수업 시간 학생들에게 수학을 배우는 이유와 모둠학습을 하는 이유에 대해 안내했다. 그리고 학생들이 모둠원들과 자연스럽게 대화할 수 있도록 마시멜로 챌린지를 했다. 마시멜로 챌린지는 모둠원들과 함께 제한된 시간 동안 스파게티면 20가닥, 제한된 테이프, 제한된 실로 가장 높은 구조물을 만드는 것이다. 마지막에 마시멜로를 꽂는데 마시멜로의 무게를 잘 버티는 것이 관건이다. 학생들은 자연스럽게 대화하며 즐겁게 마시멜로 챌린지를 했다.

이제 본격적으로 수업만 하면 내가 그토록 꿈꿨던 학생들이 탐구하는 수업이 펼쳐질 것 같았다. 본격적인 기하와 벡터 수업을 위해 수학적 개념을 탐구하는 학습지를 만들었다. 나 나름대로 사고실험을 하며 학생들이 개념을 탐구할 수 있도록 학습지를 제작했다. 학습지를 학생들에게 나누어주고 모둠별로 왜 그런 공식이 나왔는지 생각해보라고 했다. 그리고 기존의 공식을 활용하여 새로운 공식을 유도해보라고 했다. 하지만 내가 꿈꿨던 수업은 펼쳐지지 않았다. 학생들은 왜 그런지에 대해 생각하는 것에 익숙하지 않았다. 학생들은 모둠원들과 대화하지 않았고 일부는 뒤의 문제를 풀고, 일부는 멍하니 있고, 일부는 고민하고 있는 것 같았다. 어떻게 수업을 해야 할지 혼란스러웠다. 시간은 흘러가고 오늘 목표했던 학습지는 끝내야 했기 때문에 탐구하는 시간을 끊고 강의식으로 문제를 해결했다. 첫 수업을 그렇게 망치고 다음 수업에 대한 걱정은 더 커졌다. 다음 수업을 어떻게 준비해야 할지 도저히 감을 잡을 수 없었다. 단순히 '왜 그런지 생각해 보세요'라고 학습지에 적어 놓는다고 해서 학생들이 그 이유를 쉽게 생각할 수 있는 것은 아니다. 학생들이 탐구할 수 있게 학습지를 제작해야 하고 질문도 더 구체화시켜 자연스럽게 왜 그런지를 탐구할 수 있게 해야 한다. 어떤 학습지를 만들어야 하는지 나도 잘 알고 있었다. 하지만 그런 학습지를 실제 제작하기란 쉽지 않았다. 새로운 방법을 찾을 수 없어 기존의 학습지 제작 방식으로 다음 수업도 진행했다. 당연히 학생들은 왜 그런지에 대해서 탐구하지 않았다. 모둠원들과도 대화하지 않았다. 내 수업은 망해가고 있었다. 수업에 대한 자신감은 점점 사라지고 진도와 수능에 대한 부담감은 점점 커져갔다. 내가 확신이 있으면 학생들한테 조금만 참고 선생님을 믿고 따라오라고 말할 수 있을 텐데 나에게는 그런 확신이 없었다. 또한 고3 학생들을 데리고 새로운 시도를 계속하기도 두려웠다. 그래서 강의식으로 수업을 진행하고 문제는 학생들끼리 질문하며 해결하도록 했다. 그렇다고 강의식 수업도 만족스러웠던 것은 아니다. 다양한 수준의 학생들을 모두 만족시킬 수는 없었다. 학생들의 멍한 눈빛들을 뒤로 한 채 진도는 계속 나갔다. 매 수업 시간 교실에 들어가면 이 교실을 이렇게 만든 것이 나의 능력 부족인 것 같아 좌절감을 느꼈다. 교실에 들어가는 것이 두려웠다. 그래서 점점 더 수업하기가 싫어졌다.

📔 왜 내 수업은 망했을까

나는 학생들의 다양한 욕구를 어떻게 충족시켜야 할지 몰랐다. 다양한 수준의 학생들이 교실에 있었다. 내가 들어간 반은 자연반이지만 모두가 수학 가형을 응시하는 것은 아니었다. 일부는 인문반 학생들이 응시하는 수학 나형을 응시했다. 그런 학생들에게는 기하와 벡터는 내신 점수를 받기 위해 어쩔 수 없이 들어야 하는 과목이었다. 또 아예 내신은 포기하고 수능 수학 나형만 준비하는 학생들도 있었다. 그런 학생들에게는 기하와 벡터 수업은 관심 밖이었다. 수업이라고 하는 것이 수능만을 위해 존재하는 것은 아니지만 고3 학생들의 가장 큰 욕구는 수업을 통해 수능에서 좋은 성적을 받는 것이었다. 이런 다양한 학생들의 욕구를 어떻게 충족시켜야 할지 몰랐다. 내가 할 수 있는 것은 개인의 수준들은 무시하고 교과서 진도를 나가고, 수능특강 문제를 푸는 것뿐이었다. 자신의 욕구와는 다른 수업을 하니 당연히 수업이 망하게 된 것 같다. 기존에 내가 했던 방식들이 새로운 학교에서는 거의 도움이 되지 않았다. 새로운 학교에서는 그 학교에 맞는 새로운 방법들이 필요했다. 나는 5년 차 교사이지만 다시 신규교사가 되었다. 새 학교에 와서 바로 고3 학생들을 가르치다 보니 학생들을 파악할 수 있는 시간도 없었다. 학생들의 수준이나 성향을 모르니 그것에 맞는 준비도 부족했다. 한 학생이 어떻게 하면 수학을 잘할 수 있는지 물었다. 나는 개념을 이해하고 다양한 문제를 많이 풀어보라는 형식적이 대답밖에 할 수 없었다. 나는 수학이 재미있었다. 막히는 문제가 나와도 고민하다 보면 문제가 해결되었다. 그전에 배웠던 개념들이 연결되며 문제가 해결되는 것이 신기하고 재미있었다. 수학이 재미있어서 주말에는 하루 종일 수학 문제만 풀었다. 그러다 보니 수학을 잘하게 되었다. 학생에게 내가 한 것처럼 해야 수학을 잘할 수 있다고 말할 수는 없었다. 학생이 원하는 것은 구체적인 방법이었을 것이다. 하지만 나도 그 구체적인 방법은 모르겠다. 수학 그 자체에 대한 연

구가 부족하다고 느꼈다. 수학을 가르치기는 하지만 수학을 잘
할 수 있는 길을 안내할 수는 없었다. 나의 부족함이 느껴지니
수업에서 자신감이 더 없어졌다. 그래서 더 수업이 망해간 것
같다.

📖 망한 수업을 통한 고뇌

　만족스럽지 않은 수업을 계속해야 하는 것이 힘들었다. 수업
하기가 싫었다. 교사가 수업하기 싫다는 마음을 가진다는 것
이 더 나를 힘들게 했다. 수업을 하며 나에게 끊임없이 질문을
던졌다. 이 학교에서 나는 왜 수업을 하는가? 인터넷 강사와
학교 교사와의 차이점은 무엇인가? 학생들의 욕구를 충족시키
기 위해서는 어떻게 해야 하는가? 내가 하고 싶은 수업은 무엇
인가? 나는 무엇을 할 때 즐거운가? 환경을 바꿀 수는 없다. 내
가 할 수 있는 것은 무엇인가? 등등 만족스럽지 않은 수업을
통해 나는 계속 질문하고 그 답을 고민했다. 이 질문에 대해
모두 다 명확하게 답할 수 있는 것은 아니다. 하지만 내가 나아
가야 할 방향성은 찾은 것 같다.
　이 학교에 있어 보니 수학 때문에 학생들이 너무 힘들어한
다. 수학을 잘하고 싶은데 마음처럼 되지 않아서 너무 힘들어

한다. 자신의 수준에 맞지 않는 문제들을 푸니까 수학이 힘들고 싫어지는 것 같다. 그래서 나는 학생들이 수학을 잘 할 수 있는 방법을 찾아보려고 한다. 먼저 개인별 수준을 파악할 수 있는 진단 평가지를 만들어보려고 한다. 이 진단 평가지를 바탕으로 자신의 수준보다 조금 더 높은 난이도의 문제를 통해 문제 푸는 즐거움을 느끼게 해주고 싶다. 어느 정도 수학에 대한 자신감이 붙은 다음 수학 그 자체를 탐구하는 방향까지 나아가 보고 싶다. 내가 인터넷 강사와 다른 점은 학생 개개인에게 피드백을 줄 수 있다는 것이다. 학생들의 수준과 상황을 파악하고 적절한 피드백을 주는 것이 학교 교사로서 내가 해야 할 일이라고 생각한다. 하루에 최소 6명의 학생들에게 피드백을 하려고 한다. 최소한 1주일에 한 번은 교사와 깊이 있는 피드백 시간을 꼭 가지려고 한다. 학생들이 수학을 통해 좌절감을 느끼지 않았으면 좋겠다. 수학을 통해 성취감을 느끼고 수학의 즐거움을 느꼈으면 좋겠다. 그런 방안을 찾기 위해 포기하지 않고 계속 도전해보려고 한다.

📑 잠깐 쉬었다 가

길지 않은 교직 생활이지만 무수히 많은 실패를 경험했다.

그 실패의 순간들이 있었기 때문에 고민하며 무수히 많은 도전을 했다. 도전을 한다고 다 성공하는 것은 아니었다. 그러면 또 실패를 하고 또 도전을 했다. 실패를 하면서 경험이 쌓였다. 경험이 쌓이다 보니 점점 더 성공할 때가 많아졌다. 지금은 또 새로운 학교에서 실패를 하며 경험들을 쌓고 있다. 계속 도전하다 보면 또 성공하는 날이 올 것이라고 믿는다. 하지만 계속 실패하다 보면 정신적, 육체적으로 지친다. 나도 올해는 체력적으로 너무 힘들었다. 하반기에는 계속 몸이 안 좋았다. 무슨 큰 병이 생긴 것은 아닌지 걱정이 되어 검사를 다 해보았다. 담낭의 용종 말고는 큰 이상이 없었다. 스트레스성이라고 했다. 마음처럼 되지 않는 수업, 도시 인문계 고3 담임, 새로운 학교에서의 적응, 기타 개인적인 일들로 인해 스트레스를 많이 받았나 보다. 몸이 아프니깐 뭘 할 수가 없었다. 내가 건강하게 바로 서 있어야 다른 것도 할 수 있다는 생각이 들었다. 힘들 때는 잠깐 쉴 필요도 있다는 생각이 들었다. 잠깐 쉬었다 또 힘이 생기면 도전하려 한다. 지금 나에게 꼭 해주고 싶은 말이 있다. 힘들지? 잠깐 쉬었다 가. 그래도 괜찮아!

열등감 많은 교사로 교단에 서다

권선아

교사가 되기 위해 수많은 임용고시생들이 지금도 청춘의 시간을 책상 앞에서 보내고 있다. 나 역시 대학교 4학년 때부터 무려 4년간 임용고시 준비만을 했었다. 부모님의 전폭적인 지지가 없었다면 불가능한 일이었다. 그런데 불운의 늪에 빠진 것처럼 매년 불합격을 맛보아야 했다. 내 청춘의 시간을 끊임없이 투자하며 그 어느 때보다 치열하게 공부한 결과가 불합격이라니 그때부터 내 자존감은 바닥을 쳤다. 게다가 이미 동생들은 번듯한 직장인으로 인생의 숙제를 하나씩 해결해 나가고 있는데 첫째인 내가 나이 들어가는 부모님 등에 업혀 합격을 위한 공부만 한다는 것이 힘들었다. 열등감, 자기 연민, 자기 비하, 서러움 등으로 마음이 병들어 갔다. 더 이상 공부만 할 수 없었다.

합격할 때까지 지원할 테니 공부만 하라는 부모님의 권유를 거절하고 기간제 교사 생활을 시작하였다. 2008년에 처음 시작하였으니 벌써 십 년이 넘게 교직 생활을 해 온 셈이다. 새로운 학교에 적응해야 하는 문제, 매년 일할 학교를 찾아 원서를 내고 면접을 보는 등의 일이 불안하고 힘든 게 사실이다. 그러나 학교에 머무는 시간이 좋고 선생님, 학생들과 교류하며 수업하는 것이 보람차고 좋았다. 교직 선배이신 아버지는 내게 늘 당부하셨다. "공부 잘하는 학생은 너 아닌 다른 교사가 가르쳐도 잘한다. 공부를 못하고 어려워하는 학생들에게 도움이 되는 교사가 되어라"라고. 비록 기간제 교사지만 교단에 서는 순간 나는 그냥 교사이다. 열등감이 바위에 붙은 따개비처럼 내 삶의 동반자가 되었지만 나는 아버지의 당부를 마음에 품고 학교에서 내 몫은 하는 사람, 월급 값은 하는 사람이 되려고 노력했다. 수업에서도 마찬가지였다. 나 스스로 부끄럽지 않은 수업을 하려고 지금까지도 노력하고 있다. 그러나 하면 할수록 수업은 어렵기만 하고 오늘도 망한 수업의 역사를 써 내려가고 있다.

뭐 하나 뜻대로 되는 게 없네

현재 학교급이 큰 인문계 고등학교에서 근무하고 있다. 고등학교 1학년과 2학년을 걸쳐 들어가게 되었는데 각각 3명의 국어 교사가 영역을 나누어 수업을 하고 있다. 시수 배정 문제로 2학년 9학급은 일주일에 한 번, 1학년 9학급 중 6학급은 일주일에 한 번 들어가고 있다. 일주일에 300명 넘는 학생들을 딱 50분 만나는 셈이다. 1학기에는 거의 학생들 이름도 다 외우지 못한 채 진도를 나가야 할 상황이었다. 학기 초 학생들과 아이스 브레이킹 활동을 했지만 단 한 번의 시간으로 아이들을 파악하기란 불가능하였다. 게다가 몇몇 반은 시수 문제로 그조차도 못하고 수업을 바로 시작하였다. 학기 초 학생들이 스스로 텍스트를 읽고 능동적으로 참여하는 모둠 활동을 준비를 했다가 1달 만에 포기했다. 학생 활동에 대해 피드백을 해 줄 시간도 없고, 시험 출제 범위까지 도저히 진도가 나가지 않았기 때문이다. 학생들은 낯설고, 내가 하고 싶은 수업과 동떨어진 형태로 진도는 나가야겠고, 교실마다 엎드려 자는 학생들이 곳곳에 자리 잡고 있고, 함께 이 상황을 고민할 동료 교사도 없고, 정말 뭐 하나 뜻대로 되는 것이 없던 하루하루였다.

포기가 빠른 아이들과 만나다

"우리 때는……"으로 대화를 시작하면 꼰대라고 한다. 차마 그 말을 하지는 않지만, 요즘 우리 학생들을 보면 우리 때와 참 다르다는 생각을 떨쳐 버릴 수가 없다. 내가 살아온 삶과 스타일이 지금 학생들과 다르다는 것을 확인할 때마다 참 고민이 많다. 학생들 앞에서는 가면을 쓰고 대수롭지 않게 별문제 없다는 듯이 넘어가지만 사실은 퍽 놀랄 때가 많았다.

체육 대회 때 일이다. 수업 시간에 소금에 절인 배추 같은 학생들이 오늘만큼은 파닥파닥 뛰는 생선처럼 생기 있길 바랐다. 반별로 이루어지는 경기에 오늘만 사는 사람들처럼 치열한 경쟁이 이루어지고 그런 와중에 빛나는 청춘의 에너지, 협력과 협동으로 모두가 하나가 되는 감동적인 장면 등을 기대했다. 그러나 나의 기대와는 정말 다른 장면들이 펼쳐졌다. 각 반에 배정된 천막 안에서는 거의 모든 학생들이 휴대폰으로 게임을 하고 있었고 반대표로 경기에 출전하는 학생들은 마지못해 운동장으로 나가는 모습을 보였다. 예선전에서 승리를 하여 다음 경기에 출전해야 할 때, 몸이 피곤하고 아프다는 핑계로 기권하자는 소리를 예사로 했다. 실제로 기권하는 반도 보았다. 반 전체 학생들이 모두 출전하는 줄다리기나 놋다리밟기에서는 순위권에 들기 어렵다 싶으면 초반에 손을 놓아버렸다. 가장 크게 놀란 것은 체육 대회의 꽃 릴레이 경기에서였다. 반대표 주자로 뽑힌 한 학생이 선두권 치열한 경쟁을 벌이다 한 발 뒤처지자 다음 주자가 많이 남아 있는데도 달리기를 포기해버린 것이다. 그 학생의 포기로 아직 바통도 잡아보지 못한 다른 친구들의 기회까지 날려버리는 상황이 나로서는 이해하기 힘들었다.

수업 시간에도 마찬가지이다. 학습지에 글의 분량이 많으면 읽기를 포기하는 학생들이 종종 나온다. 학습지에 빈칸을 채워보자고 하면 손을 놓고 기다린다. 어차피 풀이할 때 답을 정리해 줄 것이지 않느냐며 되묻는다. 사고하는 것 자체를 귀찮고 싫어한다는 느낌이 든다. 학생 중에는 "이번 생은 틀렸어요."라든지 "선생님, 솔직히 제 등급으로 좋은 대학 갈 수 있어요? 못 가요."라는 소리를 예사로 하는 아이도 있다. 되든 안 되든 끝까지 노력하는 것이 미덕이던 우리 세대와 학습에 임하는 태도가 확실히 다르다. 3포 세대를 넘어 수업까지 포기하는 새로운 4포 세대를 만난 느낌이다. 쉽지 않은 세상살이를 어린 나이에 목도해서 그런 것일까? 개천에서 용 나기 어려운 시대를 살아서일까? 이런 학생들의 마음에 '하면 된다'는 생각과 어려운 일을 포기하지 않는 끈기 있는 태도의 가치를 어떻게 깨우치게 해야 할 것인지 고민이다.

📖 이거 시험에 나온다

　요즘 내가 수업 시간에 학생들의 수업 참여도와 집중도를 높여 보겠다고 자주 쓰는 협박 용어가 "이거 시험에 나온다"와 "너네 생기부 필요 없는 모양이네"이다. 이 협박도 학년에 따라, 혹은 학생에 따라 잘 먹히는 경우가 있고 씨알도 안 먹히는 경우도 있지만 대체로 효과가 있는 것이 사실이다. 1학년 때부터 목표가 명확하고 상위권에 있었던 학생들은 이 말에 눈에서 불이 번쩍인다. 그들에게 교사의 말 한마디는 곧 법이다. 대학 수시를 모두 생각하고 있고, 수시에 학생생활기록부와 내신 성적이 아주 중요하다는 것을 알고 있기 때문이다. 그걸 잘 알고 있기에 나도 종종, 특히 시험이 코앞에 닥치면 이런 협박을 쓰게 된다. 잠깐의 효과가 있지만 이 말을 할 때마다 '내가 이런 말을 하면 안 되는데……'라는 후회가 바로 뒤따른다.

　학교생활기록부 작성 시기가 돌아오면 수업에 열심히 참여한 학생들은 과목별세부능력및특기사항을 쓰지 말라고 해도 쓸 말이 진심으로 차고 넘친다. 문제는 수업에 수동적인 학생들이나 무기력했던 학생들이다. 학생생활기록부 작성이 교사의 고유한 권한이자 자율이라는 것을 학생들도 알고 있지만, 대입에 큰 영향을 미치는 일이라 그런지 자신들의 학습 태도에 굉장히 관대한 잣대를 들이밀며 열심히 수업에 임했으니 무엇이라도 적어달라고 요구한다. 무엇을 어떻게 열심히 했냐고 하면 구체적으로 설명도 못 하면서도 말이다. 그 마음이 오죽할까 이해되면서도 이런 줄다리기가 가끔 불편하고 자괴감이 든다.

내가 꿈꾸는 교사는 학생들이 성적을 잘 받게 하고 좋은 대학에 진학시키는 교사가 아니다. 나는 학생들과 수업하는 가운데 진정한 만남이 있고 대화가 있고 서로에게 성장이 있었으면 좋겠다. 이왕이면 학생들에게 선한 영향을 미치는 인생의 선배이고 싶고, 나중에 그리워지는 스승이고 싶다. 대입에 아주 중요한 역할을 하는 교사도 가치 있지만 그 역할만 하는 교사이고 싶지는 않다. 그런데 내가 과연 학생들에게 대입에 도움을 주는 일 이외 다른 역할을 제대로 하고 있는지 의문이다. 여전히 나는 진도에 허덕이고 시험 문제에 오류가 있으면 어쩌나 노심초사하며 잘 가르치기라도 했으면 좋겠다는 교사에 지나지 않는 듯하다. 참 어렵다.

차라리 자거라

지금까지 인문계 고등학교에서 근무하면서 가장 큰 고민은 수업 시간에 잠을 자는 학생들이었다. 과거에는 학생들이 수업 시간에 조는 것을 민망해하고 미안해하는 분위기였는데 요즘은 부끄러운 마음 한 점 없이 엎드려 주무시는 학생들이 많다. 새 학기 3월 2일의 일이 생각난다. 새로 근무하는 학교, 처음 만나는 학생들과 첫 수업을 하기 위해 설레는 마음으로 교실 문을 열었다. 내 눈앞에 생기 있는 학생들은 온데간데없고 검은 패딩을 입은 학생들이 책상에 엎어져 거의 모두 자고 있는 장면이 펼쳐졌다. 수업 종이 울렸고 수업을 해야 하니 일어나라고 했는데 아무 반응이 없었다. 누가 자신들의 소중한 수면 시간을 침범하느냐는 적대적인 반응에 그야말로 '여긴 어디? 나는 누구?'라는 생각이 들었다.

　문법 수업 시간에는 특히 학생의 부류가 극명하게 갈린다. 적극적으로 질문하고 활동하는 부류와 자거나 떠드는 부류. 그러니 성적도 양극화가 심하다. 적게는 몇 명, 많게는 한 반의 3분의 1이 엎드려 자는 경우가 있다. 엎드려 자는 학생들을 몇 번이고 깨우고 깨우다 결국 나도 포기하고 만다. 깨울 때 일어나는 시늉이라도 하면 양반이다. 모르쇠로 일관하며 일어나지 않는 학생들을 만날 때마다 마음에 쩍 금이 간다. 내 경험상 자기로 작정한 남고생은 깨우기가 쉽지 않다. 깨우다가 험한 꼴 당하지 않도록 조심해야 한다. 실제로 토닥토닥 두드려 학생 깨우다 욕을 들은 교사도 꽤 많다. 그 상황이 내게도 올까 두렵다.

그런데 요즘은 차라리 조용히 자주는 학생이 고마울 때가 많다. 수업 분위기를 흐릴지언정 적어도 다른 학생들의 수업 방해는 하지 않기 때문이다. 학생 한 명은 문제가 되지 않는다. 그러나 여러 명이 함께 수업과 관련 없는 잡담이나 장난을 치기 시작하면 이것은 곤란하다. 특히 공부에 뜻이 없는 학생이라면 나의 조용히 하자는 말은 그야말로 개 풀 뜯어 먹는 소리에 지나지 않는다. 몇 번의 주의에도 바뀌는 것이 없고 떠드는 정도가 너무 심하다 싶어 수업하던 것을 멈추고 조용히 잡담하는 친구를 응시하였다. 주변은 조용해졌고 그 학생도 내가 자기를 주시하고 있음을 눈으로 확인하였다. 잠시라도 잡담을 멈추는 것이 보통인데 이 학생은 눈으로는 나를 쳐다보면서 옆 친구에게 보란 듯이 계속 이야기를 했다. 내가 "상관없단 뜻이냐?"라고 물으니 "예"라고 크고 당당하게 말했다. 그때 이 학생은 이미 내 손을 떠났다는 자괴감과 내가 뭘 잘못해서 이런 것인가라는 열등감이 나를 휩쓸고 갔다.

착한 선생님, 나쁜 엄마로 살다

학교에 많은 에너지를 쏟아부으며 살아왔다. 그것이 교사의 미덕이라 생각해왔다. 지금도 거의 모든 에너지를 학교에서 쓰고 집에서는 피곤함에 찌들어 널브러져 지내는 경우가 많다. 학교에서 일 잘하는 교사, 수업 잘하는 선생님이고 싶다. 어떤 교사가 그런 욕심이 없겠는가마는 나는 유독 남의 칭찬과 인정에 목말라하는 경향이 있었다. 학생들에게도 "안녕, 애들아" 선생님으로 통한다. 늘 내가 먼저 인사를 건네기 때문이다. 나는 학생들과 이야기하는 것이 좋고 눈 맞추는 것이 좋다. 미우나 고우나 내 학생에 대한 애정이 교사라면 누구나 있을 것이고 나도 마찬가지이다. 학생들에게 혹여라도 말실수로 상처를 주게 될까 봐 조심하는 편이다. 교실에서 말도 안 되는 태도를 보이는 학생들에게는 반드시 수업이 끝난 후 개인적으로 대화를 나눈다. 1대1로 대화를 나누면 학생들도 선을 넘는 경우가 없다. 그런 학생들이 고맙고 기특하다.

　그런데 집에만 오면 나는 나쁜 엄마가 된다. 피곤하다는 핑계로 아들에게 무심하고 인내력이 부족한 짜증쟁이 엄마가 된다. 우리 아들이 초등학교 2학년이고 내가 고3 담임이었을 때는 정말 최악의 엄마로 정점을 찍었다. 초등학생 아들이 받아쓰기 틀린 것을 5번씩 써오라는 숙제를 하는데 글씨가 괴발개발인 것에 폭발하고 말았다. 그러면 안 된다고 내면에서는 소리치지만 아이에게 고함을 치며 야단을 쳤다. 옆에서 숙제를 도와주지는 못할망정 이제 고작 초등학교 저학년인 아들에게 고등학생에게도 하지 않는 짜증을 표한 것이다. 우리 아들의 식사도, 학습도 제대로 챙기지 못한 그때, 마음속에 늘 제대로 된 엄마 노릇을 못 한다는 죄책감과 엉망인 집안 상태, 피곤한 몸 상태 등이 뒤죽박죽이 되어 엄한 아들에게 화풀이를 한 것이다. 정신을 차리고 아들에게 바로 미안하다고 사과를 했고 글씨를 좀 예쁘게 또박또박 써달라고 원하는 바를 말했다. 그러면서 엄마에게 원하는 것이 무엇이냐고 물었다. 우리 아들은 나에게 좀 친절하게 말해달라고 했다. 그때 나는 도대체 뭐 하는 사람인가 하는 생각이 들었다. 학교에서는 천사 선생님, 집안에선 폭군 엄마. 되돌아보면 학교 일과 가정 일 가운데 나는 늘 가정 일을 희생시켰다. 내 심리를 엿보면 공적인 내 의무에는 흠 잡히고 싶지 않고 사적인 내 가족에게는 긴장의 끈도, 도리의 끈도 놔 버리는가 보다.

학생들에게는 수많은 인내를 표하고 공부에 지친 학생들에게 안쓰러움을 느끼면서 내 아들에게는 관대하지 못한 것이 사실이다. 나는 오늘도 교사라는 직업과 엄마라는 의무 사이에서 허둥대고 있다. 남의 자식에게 신경 쓰느라 내 자식을 내팽개치고 있다는 선배 선생님들의 푸념이 새삼 절실히 느껴지는 요즘이다.

권태기와 변태기 사이

김민송

욕먹어도 교사인 줄 알았는데 아파도 교사입니다

나의 장래 희망에 교사는 빠져있었다. 교사는 학생에게 욕먹기 바쁘고, 잘해도 본전인, 상처투성이 직업군처럼 보였다. 거기에 덧붙여 학생 때 제일 싫어했던 과목이 영어였다. 순수 한국인인 나에게 버터 냄새나는 영어는 말의 순서가 달라 어렵고, 외울 것이 많아 힘들고, 기껏 외웠더니 변칙은 어찌나 또 그렇게 난무하던지. 참고 열심히 공부했는데, 결과도 늘 엉망이었다. 그런데, 알 수 없는 인생은 나에게 영어를 가르치도록 만들었다.

첫 수업, 첫해, 첫 만남, 나는 설렘으로 가득했다. 내가 무엇보다도 힘들었고, 싫어했던 과목이기에 어디가 어려울지 알았고, 어디가 힘든지 알았고, 어떻게 도와줘야 할지 자신이 있었다. "선생님은 말이지. 'I'm 마산'이라고 말하고도 무엇이 잘못되었는지 몰랐던 사람이란다. 근데, 지금 내가 여러분과 함께 있네. 이랬던 선생님도 했으니, 너희들이라면 더 잘해 낼 거야"라며 격려하고 응원했었다. 나의 학창 시절 부족함은 아이들을 위한 진솔한 응원 거리가 되었고, 극복 방법들은 좋은 지침서가 되었다. 아이들을 만나는 순간순간들도 때론 힘들어도 주로 설레고, 때론 실수해도 거의 재미가 있었다. 그리고 지금의 나는?

얼마 전, 월요일 첫 교시 영어 시간이었다. 아이들의 학습 과정을 찬찬히 관찰하고, 세심히 돌봄도 하고, 아이들이 열심히 활동한다는 믿음에 다른 조로 이동했는데, 나의 등 뒤에서 배신의 칼날이 꽂혔다. "하. 수업 언제 끝나? 지겨워!" 방금 "네."라고 대답했던 학생인 것 같은데, 내가 뭘 잘못한 것인가 하는 자책에 나도 내게 비수를 꽂았다. 아팠다. 지난주 꽂힌 비수가 아직 아물지 않았는데, 주말 동안 가까스로 붙여온 내 마음은 오늘도 또 빠직 상처가 났다. 나는 그날도 오늘도 욕먹어도 교사가 아니라 아파도 교사이어야 한다.

🔖 권태기에 걸리다

일차 발병, '내 일이다'라는 설렘이 도망갔다. 언제까지 이걸 설명하고 계속 전달해야 하나 지겹다.

이차 발병, 그래도 '내 일이다' 참아봤다. 근데, 하기 싫어하는 아이들을 하게 만드는 방법이 더 어렵다.

삼차 발병, 그래도 '내 일이다' 다독여봤다. 근데, 끝도 보이지 않는 다독임에 지친다.

사차 발병, '내일은 좋을 거야.' 힘내 보는 척했다. 근데, 나도 사람이다. 감정이 앞선다.

이제 그런 생채기와 상처에 아프고 두렵다.

사실 그러면 안 된다고 생각했지만 내가 아무리 잘 가르치려고 해도 내 마음과 다른 아이들 속에서 지쳐가고 있다. 처음에는 마냥 이쁘게 보이던 아이들, 내가 잘해야지 하던 마음이 변했다. 나는 지금 권태기다. 나만 익숙해져 버린 교과와 수업방식에 첫 도전일지도 모를 아이들의 설렘을 전혀 공감해 주지 못하고, '애들은 도대체 왜 언제까지 저럴까'라며 시큰둥해만 하고 있다.

이 책의 주제가 '실패'로 정해지고 선배, 후배, 동료 선생님들께 "선생님은 어떤 수업이 망했다고 생각하세요?"라고 호기심 어린 질문을 드렸다. 이야기를 들어보면 사실 수업의 어려움은 아이들과의 관계에서 오는 어려움이었다. "망하는 거 많지, 앞 교시도 망하고 왔어!", "음… 나는 아이들의 수준을 잘못 파악하고 수업에 들어가면 아이들과 호흡이 잘 안 돼서 힘들었어요.", "나는 재미있다고 생각한 수업 자료가 막상 아이들은 재미없다고 해서 상처받지요.", "아이들과 내가 따로 놀아서… 하하하. 수업을 바꾸어야 한다는 건 아는데 이래저래 바쁘다는 핑계로 계속 같은 수업을 하고 있네요.", "20명이 넘는 아이들이 있는데 한 명의 특정 아이에게 힘과 에너지를 쏟아서 나머지 아이들이 피해를 볼 때가 있죠. 그럴 때 그 수업이 미안하죠. 아이들에게…" 이렇듯 선생님들 저마다 원인과 아픔이 다 있지만, 나처럼 그냥 싫은 권태기는 없었다. 나 불치병인가?

설렘 대신 성냄, 융통 대신 호통을 앓다

극복해 보려고 무언가 열심히 준비해 보지만 수업은 재미가 없었다. 내가 감흥이 없으니 아이들의 성장은 놀랍지도 않았다. 어쩌면 아이들의 성장 대신 그들의 짜증이나 무심함과 마주하는 날이면, 역시 그러면 그렇지 하고 날이 선 비판만 보냈다. 첫 설렘은 오간 데 없고, '이 정도 아는 것은 당연한 것 아니야?', '아니 이렇게 해서 고등학교 영어 따라잡겠어?'라는 불안감으로 아이들을 쪼아대고 있었다.

나의 여유는 도대체 어디로 도망가 버린 것일까? 내가 이렇게 날이 서 있고 재미가 없으니, 아이들도 그 파장이 미치는 듯하다. 서로에게 주어진 45분이 450분처럼 길다. 내가 무엇을 가르치러 들어갔는지 까먹고 45분이 흐르기만 간절히 바라고 있는 모습에서 '아, 나는 자격이 없구나!'라고 자괴감도 든다. 자괴감 열매를 먹은 내 수업은 또 악순환을 낳는다. 자괴감이 드니 수업이 재미없고, 수업이 재미없으니 다음 수업이 두렵고, 두려우니 막상 아이들과 즐겁지 못하고, 즐겁지 못하니 또 버티고, 버티니 피곤하고, 피곤하니 이일이 내일이 맞나 싶어 자괴감이 들고, 자격지심과 자괴감에 갉아 먹혀 서서히 무너져 내리고 있었다.

정말 엉망이구나. 그렇게 야심 찼고 희망찼고 열정적이었던 나는 어디로 도망갔나? 아이들을 만날 자격이 없는 것일까? 나도 결국은 내가 학창 시절 싫어했던 영어를 그대로 답습하고 있는 걸까? 나도 결국 똑같은가.

📖 권태기의 원인을 추적하다

이런 나의 상태에 대해 한 선생님께서 "그죠. 저도 그래요. 진짜 힘들죠." 공감해 주시면서 "그런데, 무엇이 그렇게 힘드세요?"라고 물어봐 주셨다. 그 공감이 참 따스하고, 힘이 났다. 그런데 딱히 답을 할 수가 없었다.

"음, 일이 바빠서? 그래서 좀 지쳤나 보아요. 그러다 보니 아이들 만나는 것도 지치고" 대답은 이렇게 했지만, 첫해에도 업무가 있었고, 맡은 일들이 힘들지 않았던 것은 아니다. 업무 자체가 힘들기도 했고, 시간이 없기도 했고, 능력이 부족하기도 했지만, 도와주는 동료가 있었고, 선배 교사들도 있었다. 보람도 느꼈다.

그렇다면, 공개수업에서 온 좌절감? 삼 년이나 공개수업에 도전했던 단원이 있다. 무모해서 70명 앞에서 실패했고, 실제적인 수업을 짰지만, 욕심이 많아 시간 내 못 다뤄서 다른 학교 선생님 앞에서 진땀을 흘렸고, 전해의 실패를 교훈 삼아 단순함이 최고라고 믿고 수정한 지도안도 아이들의 특성마다 반응이 달랐다. 그래도 수업에 대해 아무도 돌을 던진 적은 없었다. 도리어 도전에 박수받았고, 방법이 미숙하거나 노련미가 부족했다고 느꼈기에 스스로 보완하고 도전했다.

그렇다면, 학생이 문제일까? 중 1의 철없음, 북한도 못 건드린다는 중 2의 용감무쌍한 태도, 이미 수능 끝 취업 끝 군대 말년 같은 중 3의 호기, 이런 것들도 언제나 어디서나 항상 있어 왔다. 그런데, 그때는 설렜는데, 지금은 왜 성내고 있는가?

나의 원인은 도대체 어디에서 왔을까? 안타깝게도 나는 아직 정확히 그 원인을 찾지 못했다. 원인 모를 병이라니, 불치병이다.

근데, 권태기는 살면서 누구나 겪는 원인 모를 불치병 아닐까? 내 사람이라고 믿었던 누군가의 단점이 보이고 그와의 익숙함이 커지면서 더 이상 새롭지 않은 상태! 우리는 그것을 권태기라고 부른다. 사실 이런 권태에 이유가 있던가? 권태는 삶에서 어쩌면 자연스럽게 누구나 겪는 과정이 아닌가 싶다. 그냥 나는 천천히 그렇게 어떤 일이 시들시들해지고 더는 새로울 것이 없는 상태가 되어 간 것뿐이다.

단, 그것이 수업에서 온다면? 매일 아이들을 만나는 내가? 권태기, 분명 인간관계에서는 치명적이다. 일이면 잠시 미뤄 두면 되고, 직장이면 연가 쓰고 여행을 떠나면 된다. 애인이면 헤어지면 된다. 근데, 아이들을 만나는 것은 어제도, 오늘도, 내일도, 진행형이다. 안 볼 수 없다. 그러니 어떻게든 주말에라도 극복하고 아이들을 만나야 하는데, 이미 약해진 정신 건강 상태는 조그만 공격에도 무너져 내렸다.

권태기를 닮은 성장통이라고 진단하다

나는 시들시들한 상태로 '아이들을 버릴 순 없잖아!' 이렇게 교사라는 잣대를 들이밀었고, 또 상처받고, '수업이, 교실이, 아이들이 실패하면 안 되잖아.' 부담감에 애쓰다 지쳐서 날이 바짝 서고, 결국 피곤해져서, 행복하지 않았다. 그리고 '내 인생은 없나.'라는 본전 생각이 났다. 수업에서만큼은, 아이들에게서만큼은 권태기가 오면 안 된다고 믿었기에 나는 나를 무던히도 괴롭혔다.

근데 본질은 무엇인가? 교사이기 때문에 이겨내야 할 숙제인가? 아니, 내가 행복해야 한다! 아이들의 행복을 위해 자꾸 새롭게 뭔가를 만들어 내야 하는 것은 아니다. 아이들의 행복을 위해 내가 힘내야 하는 척은 아니다. 그냥 내가 처음에는 지녔지만, 지금은 잊어버린 그 첫 마음을 다시 느끼는 것이 더 중요한데. 권태기를 벗어나려고 하다 보니 계속 새로워야 한다는 생각으로 나를 쪼았기 때문에 더 지쳐버렸다. 그래서 나는 더 심통이 나고, 아이들과 더 불통하고, 지독한 성장통을 겪은 것이 아닌가 싶다.

사실 아팠으면 충분히 아파하고 스스로 성장할 시간을 주어야 하는데, 그건 반칙이라는 생각에 쉼을 주지 못해서 도리어 자라지 못했다. 내 성장통은 아이들에게 심술통으로 표출되었다. 결국, 서서히 자라고 있다고 잘하고 있다고 나에게도 아이들에게도 격려하지 못했다.

지침, 힘듦, 아픈 것은 충분히 알겠으니 이제 해결책을 기대하실 것이다. 없다. 권태기라고 쓰고 변태기라고 읽는 나의 성장통 이야기 속에는 그럴듯한 병명도 있고 뚜렷한 증상도 있지만 확실한 명약이 없다. 이 글을 읽는 독자들에게 사실 죄송하다. 어떤 확실한 결론이 없어서. 그래서 머리를 쥐어뜯었다. 그런데 조금만 죄송하기로 했다. 사실 나도 모른다. 정말 모른다. 대신 담소 하나를 더 전해본다.

변태기를 처방하다

어느 선배 선생님과 수업이 정말 운전과 비슷하다며 담소를 나눈 적이 있다. "처음 운전대를 잡았을 때 20㎞로 달리는데, 너무 재밌었어요. 음악을 들으며 도로를 달리던 로망이 이루어져서 신도 났어요. 도로도 전혀 무섭지 않았어요. 지나고 보니 자전거보다 느리게 달렸는데 얼마나 민폐였을까요. 깜빡이를 계속 켜놓고 달려도 잘못된 줄도 몰랐을 만큼 무지했고, 눈이 오는 날에도 일단 차를 끌고 나가면 어떻게 되겠지 싶어 무모하기도 했네요." 성격이 진짜 겁이 없었을 수도 있지만, 너무 몰랐고, 사실 그것까지 신경 쓸 여유도 없었기 때문이리라. 근데, 어느 정도 도로 상황이 보이기 시작하면 그때부터는 무섭다. 끼어들기 시작하는 차들, 돌발 상황, 급정거들로 인하여 신나게 속도를 내던 차는 브레이크를 밟게 된다. 여차하여 한번 사고라도 터지면 도로에 나가는 것이 부담스럽고 운전이 싫어지기도 한다. 투덜거리며 짜증을 내면서도 운전대를 놓을 수도 없다. 때로는 잘못된 길도 가고, 신호를 놓치기도 하고, 기름이 똑 떨어져 버리기도 한다.

이런 운전에 수업을 반추해봤다. 우리네 수업도 조금 돌아가면 어떨까? 조금 속도가 늦추어도 괜찮지 않을까? '쿵'하고 방지턱에 걸리면 '아야!' 하고 그냥 소리 내도 되지 않을까? 이미 우리는 도로 위를 달리고 있고, 언제든 돌발 상황은 발생할 것이다. 여전히 끼어들기도 난무할 것이다. 때론 길을 못 찾아 헤매기도 하겠지! 하지만 결국엔 목적지에 도달할 것이다. 운전대를 놓지 않는 한. 그렇게 묵묵히 자리를 지키신 선배 교사들을 보며 반성도 하고, 동료 교사들과 푸념도 하며, 안 아픈 척, 의연한 척, 힘 나는 척, 뭐든 '척척척' 하지 말고 그냥 이 시기를 담담히 보내 보자라고 말이다.

이렇게 마음먹으니 조금 더 웃고 있는 나를 발견한다. 때론 지독한 성장통 중에 아팠고, 심술통에 유치해졌고, 호통에 부끄러웠다. 하지만 어떤 날은 '선생님도 사람이잖아' 이렇게 투

정도 부리고, '선생님도 못 할 수도 있지 뭐. 봐줘.' 이렇게 애교도 부리면서, 그러면서 아주 천천히 변태 중이다. 훌륭한 교사가 되고 싶다던 호기롭던 애벌레는 작은 바람에도 코끝이 시리고, 심한 비바람에 흔들리고, 큰 태풍에 떨어져 나갈지도 모른다. 그리고 나비가 될지 해충이 될지 아무도 모를 일이다. 하지만 인정할 것은 인정하고 이제 성장통을 받아들여 본다.

그렇게 다시 돌아온 월요일 1교시 수업, 오늘은 조금은 당당히 담담히 실패한다.

진작할 걸 그랬어

윤혜나

📖 학급 테마여행, 이게 뭐라고

올해 전입해서 오게 된 지금 근무하고 있는 학교는 현재 3년 차에 접어든 행복학교이다. 행복학교란 '교육 공동체가 배움과 협력의 토대 위에 성찰, 소통, 공감을 지향하고 행복을 추구하는 미래형 학교'로서 경남형 혁신학교를 말한다. 이 학교에서 처음 내가 맡은 업무는 2학년 업무 중의 꽃인 수학여행! 그동안 도서도우미 학생들이랑 문학기행은 많이 다녀봤지만 이렇게 교육과정의 필수 코스이자, 거기에 요즘 다양한 형태의 활동을 시도하는 수학여행 업무, 거기에 부장이라는 책임을 지고 업무를 계획하고 추진해야 하는 건 이번이 처음이다. 업무를 맡았으니 그 책임감에 '혁신학교에서 수학여행은 어떻게 준비해야 할까?' 하는 생각과 지금까지의 수학여행 모습에 대해 곰곰이 생각해 보게 되었다. 내가 경험하고, 본 것은 대부분 수박 겉핥기식 또는 너무 교육 효과와 안전만을 고려한 활동들이었다. 요즘 많이 시도되고 있는, 개별로 출발하고 활동하는 수학여행은 지역 학교 여건상 도저히 맞지 않을 것 같았다. 무엇보다 머릿속으로 수학여행의 시작과 끝, 그 의미를 생각해보니 반만년의 역사를 자랑하는 우리나라를 단 며칠 만에 깨닫는 것은 다소 무리가 있지 않을까 하는 생각에 어떻게 계획을 세워야 할지 막막해지기까지 했다. 버스에서 많은 시간을 보내는 것도 마음이 걸리고. 학생들의 대부분은 다음 장소로 이동하는 시간에 잠을 자거나, 스마트폰을 하거나 게임을 할 뿐이다. 이런저런 생각이 꼬리에 꼬리를 물다가 일회적인 재미보다는 보다 의미 있는 활동 수학여행을 다녀오고 싶다는 생각이 들었다. 얼마 전에 구름학교에서 주최한 'PBL101', 'PBL201' 연수도 들었기에 그 배움을 이번 기회에 실천해보고 싶었다.

혁신학교에 근무하다 보니 다양한 프로젝트 학습을 선호하게 되는데 올해 내가 만나게 된 2학년 학생들과 전체 수학여행보다는 학급별 프로젝트 여행으로 다녀오면 좋겠다는 생각이 들었다. 다행히도 2학년 담임 선생님들께서도 동의해주셨다. 이제, 이 프로젝트를 진행하고 총괄하는 것이 올해 나에게 주어진 숙제이다! 이런저런 생각 끝에 답을 얻었다고 생각한 나는 이 이야기를 전하면 학생들이 얼마나 좋아할까 생각하며 전달했더니, 기대와 다르게 엄청난 반발이 일어나기 시작했다. 기존에 계획되어 있던 서울 일정의 전체 수학여행에서 지역 학급 테마로 변경되었기 때문이다. 어느 교실에 가나 들려오는 서울 타령! "서울 가고 싶다", "서울만 가게 해 주세요" 하는 이야기들. 심지어 "선생님이 올해 오셔서 이렇게 바꾸셨죠?" 하는 원망 어린 소리도 많이 들었다. 결국 파워포인트로 이 학급별 지역 테마여행에 대한 취지와 그 효과, 과정에 대해 구체적으로 설명해주고 나니, 몇 명 애들이 수긍하는 듯했다. 하지만 영 기분이 찜찜한 건 사실이었다. 그날 저녁엔 '학생들의 진정한 요구를 들어주지 않은 수학여행이지 않나?' '이렇게까지 해서 갈 필요가 있을까?' 하는 생각이 꼬리에 꼬리를 물고 이어져 갑자기 일어난 우울한 기분마저 들었다. 이렇게 혁신학교에서 근무하는 첫해의 나의 학교생활은 3월의 꽃샘추위보다 더 시린 마음으로 시작되었다.

그리고 학급 테마여행이라는 주제로 뭔가 수학여행 업무가 시작은 되었지만 프로젝트의 첫 번째 단계인 '도전 정신과 질문도 정하지 못하는 등 시간은 흐르는데 어떤 것에도 한 발짝 가까워지지 않고 더 멀어지는 느낌 또한 아픈 고통이었다. 이 모든 것이 나중에 결국 아무것도 아닌 게 되리라는 생각마저 들었다. 그러다 그냥 이거 시작하지 말고 기존의 선호도 조사대로 가는 걸로 하고 지역 학급 테마 여행은 끝낼까 하는 생각이 들었다. 그런데 이상하게도 이 질문 앞에서 갑자기 '말도 안 되지'라고 외치며 다시금 힘이 났다. 단순한 지역 학급 테마 여행이 아닌 프로젝트 단계에 따라 제대로 운영해보자는 도전 의식까지 스멀스멀 생기기 시작했다.

📓 '그럼에도 불구하고' 교사로서 나의 이유

학급 테마여행으로 학급별로 각기 다른 지역을 선정해 준비해나가는 일은 쉽지 않았다. 무엇보다 우리에게 익숙한 지역도 어느 위치에 있는지도 학생들은 잘 모르고 있었다. 학급별 테마 여행을 위한 장소를 결정하기로 했을 때, 학생들은 자기가 살아가고 있는 지역의 정확한 위치도 모르고 근처 문화재나 지역에 대한 인지가 전혀 없었다. 먼저, 우리가 살아가고 있는 곳의 지도에 대한 개념부터 공부할 필요가 있었다. 지도에서 선호 지역을 후보로 선정하고, 추첨을 통해 탐구할 지역을 결정하였는데, 그 과정에서 학생의 기호와 교사의 바람이 절충안을 찾아갔다. 자연스레 학급 테마 여행의 도전 문제는 '함여(함안여자중학교의 줄임말), 지도를 그리다'로 정해졌다. 그리고 그동안 사물함에 넣어두고 잘 꺼내지 않았던 사회과부도 책도 꺼내어 지역의 위치를 살펴보고, 지역 특성을 바탕으로 이동 경로와 볼거리에 대해 알아가는 과정 속에서 학생들은 흥미를 느끼는 듯했다.

여행 공모전을 시작으로 지역에 대한 정보 공유 및 여행 관련 도서를 읽고 전문가를 초청해 여행 특강을 하는 등 지속적인 탐구 활동이 이어졌다. 그리고 계속된 학생 활동에 대한 피드백과 수많은 성찰, 비평과 개선 활동을 바탕으로 학생들이 직접 안내서를 만들고 여행 경로와 활동 미션을 기획해 나갔다. 수정에 수정을 거듭하는 과정에서 점점 나아가는 듯했지만 조금씩 지쳐만 가는 학생들이 결국에는 이렇게 이야기했다.

"선생님, 그냥 어디 가라고 정해 주세요!"

"선생님, 우리가 지금 가는 게 수학여행인가요, 수행 여행인가요?"

(선생님의 피드백 후) "선생님, 됐어요. 저는 이제 이걸로 만족하는걸요!"

그렇지만 이러한 과정 속에서 실패를 하더라도 '그럼에도 불구하고' 이 프로젝트는 학생들과 그리고 나에게도 커다란 의미로 남을 것이라 믿었다. 그리고 이 속에서 '학급 테마여행'과 그 탐구 질문인 '함여, 지도를 그리다'라는 프로젝트의 지속 이유, 삶과 여행의 연결점을 찾게 될 것이다. 그 연결점을 이어 가기 위해 학급별 테마여행 가이드북 만들기로 필요한 정보를 쌓아

가고, 단순히 사진만 찍는 미션이 아닌 교육과정과 연계한 미션을 만들어나갔다. 그 연결점은 실패를 겪는 듯하면서도 발전을 거듭하며 나와 아이들이 성장하고 있음을 알게 해주었다.

🐚 옹기종기의 힘

수많은 다양한 이야기를 안고 10월 30일부터 11월 1일, 2박 3일간 학급 테마여행을 다녀왔다. 떠나기 전에 약간의 불만을 가지고 있던 학생들도 이날만큼은 얼굴에 설렘 가득한 표정이어서 안심이었다. 유난히 맑고 따뜻한 가을에 떠난 우리 반 학급 테마여행에서 생기발랄한 학생들과 함께하다 보니 윤동주의 '소년'이라는 시에 나오는 구절이 떠올랐다. '가만히 얼굴을 들여다보면 눈썹에 파란 물감이 들고'라는 구절. 그 소년의 모습에 발랄한 여중생들의 볼은 '분홍빛 생기 가득한' 그런 '소녀'의 모습이 더해졌다. 학급 테마여행을 오기 전 학급별로 정한 다양한 미션들을 실행하고, 모둠별로 함께 만들었던 가이드북을 보면서 사전 조사 과정에서 보고 정리한 것들을 눈으로 확인하며 함께하는 힘이란 무엇인지 느낄 수 있었다. 무엇보다 교실에서 배움이 세상과 연결되는 힘이라는 말의 의미를 깨닫게 되었다. 개인의 뛰어난 역량은 '기술'에 머무르지만, 함께하면 '예술'이 된다고 했던가? 학생들이 옹기종기 함께하는 모습들은 사진 한 장, 한 장이 내겐 아름다움이었다.

내가 느낀 요즘 학생들은 마무리가 잘되지 않거나 정리가 되지 않아도 일단은 멈추고 계속 뭔가 새로운 걸 하고 싶어 한다. 짧고, 강력한 영향을 주는 것에만 집중하고 오래도록 한 가지에 집중하는 것에 힘들어하는 학생들을 보면 안타까운 마음이 드는데, 앞으로는 그러지 않아도 될 것 같다. 여행 가서도 아무것도 하지 않은 학생, 멍하니 있는 것 같아도 프로젝트 학습을 함께 준비했던 시간, 그리고 여행을 다니는 시간 속에서 저절로 마음에서 배운다. 학급 테마여행을 다녀와서 답답하게만 느껴졌던 그 학생이 학급별 지역 테마여행을 다녀와서 적은 감상문에는 이런 내용이 적혀 있었다.

> "친구들과 이야기하고 다양한 활동을 수행하다 보니, 제 마음속에 이 지역의 지도가 절로 그려졌어요"

이 글을 읽는 순간, 무려 1년간 함께했던 프로젝트에서 원하는 바를 얻은 듯하였다.

📖 진작 할 걸 그랬어

3월부터 준비하여 10월 마지막 주에 다녀온 학급 테마여행이다 보니 그 과정에서 다 준비되었다 싶다가도 원점으로 돌아가기도 하고, 처음 해보는 업무라 행정적으로 필요한 서류들을 준비하는 과정에서도 실수가 많아 자존감이 많이 낮아졌다. 무엇보다 안전을 최우선으로 시간 관리, 의미 있는 여행지, 거기에 학생들의 흥미까지 고려해야 하는 등 철저한 사전조사를 바탕으로 해야 학급 테마여행이 완성되기 때문에 묵묵히 함께해주신 2학년 담임 선생님께 미안한 마음이 가득 들었다.

결국엔 학급별로 무사히 미션도 수행하고, 안전하고 건강하게 잘 다녀와서 이를 되돌아보며 동 학년 선생님들과 나눈 이야기들에는 이런 공통점이 있었다. 한 번에 경로가 정해지지 않고 다양한 탐색을 거치고, 도전 질문에 맞게 수많은 성찰의 과정을 거친 그 무수한 시간들에 감사하다는 것이다. 그래, 그렇다! 너무 한 번에 쉽게 결정되고 술술 잘 풀렸다면 이 이야기는 한 줄도 쓰이지 않았을 것이다. 학급 테마여행 이야기를 만들어 나아가는 과정에서 우리 반 아이들과 어디에도 기록되지 않은 소중한 이야기들을 얻었다. 2박 3일, 그 시간 동안 많은 것들을 배우고 느꼈던 특별한 하루, 하루, 하루였다. 아마도 먼 훗날에 이 시간을 떠올려본다면 절대 지울 수 없는 아이들의 모습과 이야기들이 머릿속에서 영원히 상영될 것이다.

올해 2학년의 전체 슬로건은 '더.함(더불어 함께)'이었다. 프로젝트 학습과 함께 어우러진 이번 학급 테마여행은 이 슬로건에 맞게 교사와 학생이 '더불어 함께' 성장하는 더함(+)의 시간이 되었다. 단순히 프로젝트 학습이 아니라 학급별로 철저한 사전 조사와 안전을 함께 고려해야 하기에 준비하는 데 큰 부담이 되는 건 사실이다. 끊임없는 수정을 거듭해야 나오는 일정이기에 번거롭고 힘든 부분이 많지만 그만큼 학생들의 마음속에 소중한 추억이 되었다. 피드백을 통해 점점 더 구체화되는 학급별 테마 이야기, 그리고 성찰의 과정에서 얻은 삶과 배움 속의 여행의 의미는 그저 단순히 주어진 추억이 아니기에 학급 테마여행이야말로 최고의 프로젝트 학습이 아닐까 하는 생각이 든다.

이 이야기들을 흘려보내기가 너무 아쉬워서 2학년 학생들과 담임 선생님들이 모여 기획하고 편집하여 '2학년 학급 테마여행! 함여, 지도를 그리다'라는 제목으로 학년 문집 이야기를 만들었다. 그리고 학생들에게 꼭 전해주고 싶은 이야기를 담은 마음을 시인 이상이 여동생에게 쓴 편지의 일부를 서문에 담았다. 앞으로 주어지게 되는 프로젝트 활동들, 삶의 숙제와 같은 시간들이 매번 성공으로 이어지지 않고 실패하는 순간도 올 것이다. 실패를 한다고 해도 나는 언제나 너희들을 응원하고 있다는 것, 네 편인 것을 잊지 말아 줬으면 좋겠다. 그리고 앞으로 더 넓은 세상 속으로 이 배움을 바탕으로 더 넓은 세상을 만나고 경험의 폭을 넓혀 나갔으면 한다. 힘들기도 했고, 프로젝트가 맞게 가고 있는가에 대한 불안함이 있지만 무사히 마무리된 이 프로젝트 학습을 통해 내가 생각한 것은 얼마 전에 읽은, 김소영 작가의 책 '진작할 걸 그랬어'이다. 이 책을 읽을 때 제목이 너무 마음에 들어서 언젠가 한 번은 이런 생각을 할 날이 올까 하는 생각이 들었는데 프로젝트형 여행을 다녀와서 이 글을 마무리하는 이 순간, 나에게 이런 생각을 하게 될 날이 올 줄은 처음 시작할 때는 생각도 못 했지.

"프로젝트 수업과 함께한 학급테마여행, 진작 할 걸 그랬어!"

망한 담수 이야기
(담임 이야기+수업 이야기)

박은주

📖 만남은 인연

　고등학교 1학년 아이들과 만나 10여 개월 생활을 함께하며 그들의 성격이나 말투, 걸음걸이, 성향이나 진로 희망 등을 잘 알고 있다고 생각하던 때였다. 이 아이들과의 만남은 좋은 인연의 시작이라 생각하며 나름 민주적인 담임이라 자부했다. 그리고 개개인의 특성이 다르고 각각의 꿈이 다르며 나는 그들의 꿈을 응원하는 좋은 담임 선생님이라 생각했다. 아침 조례 시간에 만나 학교 잘 왔는지 출석 체크하며 늘 지각인 친구를 챙기는 살뜰한 담임 선생님이었고, 고민이 있으면 함께 고민하며 어떤 방향이 나을지 같이 정보도 찾아보고 대화도 수월하게 진행하는 그런 담임 선생님이었다.

　그러던 어느 날, 고등학교 2학년 교육과정인 수학여행 희망

조사서를 받는 날이었다. 1학기에 이미 수학여행 희망조사를 한번 시행했던 터라 2학기에 하는 설문은 내년 교육과정을 실행에 옮길 마지막 확인 단계의 설문이었다. 수학여행 희망 조사서를 챙겨 통계를 내보니 한 학생이 비희망을 선택했다. '아니, 수학여행을 안 가겠다고? 혹시 가정 사정이 여의치 않은 것일까?' 학교생활을 하는 동안 큰 말썽 없이 잘 다니고 있던 아이가 수학여행을 안 간다고 하니 무슨 일인지 상담해야겠다고 마음먹고 방과 후 아이를 불러 이야기를 시작했다.

  "수학여행을 안 가려고? 왜 마음이 바뀌었어? 1학기에는 간다고 했었잖아?"
  "아니요, 저는 1학기에도 안 간다고 했는데요."

'엥? 이건 무슨 소리지' 1학기에 학급 전원이 참석한다고 했던 기억이 나서 아이가 잘못 기억하고 있다고 생각했다.

  "무슨 소리야? 1학기에 비희망을 선택해서 제출했다고? 1학기 제출한 양식을 찾아봐도 되겠니?"

믿지 못하겠단 눈빛을 보내며 틀림없이 1학기 체크한 것을 잊고 2학기에 엉뚱한 소리를 하고 있을 것이라는 믿음으로 아이에게 확인해보겠다는 협박성 눈빛을 보내며 서랍을 뒤져 1

학기 가정통신문을 확인했다.

'이게 웬걸! 1학기 희망조사에 비희망 1명. 분명 내 글씨체가 표지에 떡하니 적혀있는 것이 아닌가?'

"아. 미안, 선생님이 잘못 기억하고 있었구나."

나의 기억 속에 우리 반 학생은 전원 수학여행을 간다는 잘못된 기억이 진실인 양 이 아이를 이랬다저랬다 하는 아이로 몰아세웠다. 그래도 나는 좋은 담임이라 정중히 사과의 마음을 전하고 이번엔 못 가는 이유에 대해 공감의 마음으로 되물었다.

"왜? 가정 사정이 걱정되어 못 가는 거야?"

학기 초 상담할 때만 하더라도 아이는 애니메이션 작가를 희망하며 미술 학원을 다니고 있었고 넉넉하지 않은 가정 사정에도 미술 학원을 다니는 것이 미안하다는 마음을 가지고 있다는 이야기를 했던 기억이 나서였다.

"아니요."

아이는 작은 목소리로 답은 하였지만 경제적 상황 때문은 아니라는 의미를 담아 말하는 것처럼 보였다. 그럼 수학여행을 왜 안 간다는 것일까? 고등학교 시절 그래도 기다리고 기다리는 수학여행인데 안 간다는 이유는 무엇일지, 학교를 무난히 잘 다니고 있던 아이였던 지라 이유가 궁금해졌다.

상담도 여러 차례 진행했던 아이였다. 오히려 학기 초 상담에서 우울증세와 자해의 경험도 가지고 있던 친구 때문에 담임으로서 신경이 온통 쓰였을 때 그 친구를 옆에서 잘 챙겨주며 돌봐주고 함께 급식도 먹는 등 학교생활에 도움을 주었다. 그래서 복도에서 만나면 고맙다고 인사를 건네던 아이였다. 또 상담을 진행하는 동안 했던 이야기 중에 많은 친구와 두루 잘 지낼 수는 없으나 혼자도 잘 지내는 편이라고 씩씩하게 답했던 친구라 마음이 단단하다고 생각했던 기억도 나서 수학여행을 안 가는 이유가 의아스러울 수밖에 없었다.

"그런데 왜 수학여행을 안 간다는 거야?"

머뭇거리며 꺼내는 이야기는 내가 이제까지 좋은 담임이라고 생각했던 것은 나만의 착각이었음을 깨닫게 했다.

"함께 지낼 친구가 없어서 수학여행 가고 싶지가 않아요."

"무슨 소리야? 너 다른 친구들과 곧잘 지내던데."

아이는 학급 친구 중에도 잘 지내는 친구가 있고 미술 동아리 친구들과도 잘 지내고 있는 모습을 보여줘서 크게 걱정 않던 아이였다. 그리고 혼자서도 씩씩한 모습으로 학교를 다녀서 수학여행을 가고 싶지 않은 이유가 고작 친구라는 답변이 내 기대를 무너지게 했다.

눈물을 주르르 흘리며 나눈 아이와의 대화에서 내가 좋은 담임일 것이라는 나의 생각은 착각이며 무능이며 실패였다.

아이는 힘들지만, 이야기를 시작했다. 일기를 쓰는데 지난 3월부터 7월까지 1학기를 보내며 학교에 나오는 날 동안 울지 않은 날이 10일이더라는 것이다. 아이가 나와 상담을 하고 싶었어도 학기 초 바쁜 업무랍시고 형식적인 상담 순서에 맞춰 내가 상담을 하고, 평범하게 학교에 다닐 부류로 이 아이를 분류하는 순간 나의 시선에서 이 아이는 사라지게 되었을 것이다. 눈에 띌만한 사건을 일으키지 않는다면 25명 공동체의 수장인 나는 편안한 날들을 보내는 것일 테니 별스레 신경을 쓰지 않았던 것이다.

📖 관계는 노력

  미안했다. 관계는 노력이라고 했는데 좋은 담임 선생님이라 생각한 내가 너무 미안했고 부끄러웠다. 나는 그 아이가 고등학교에 입학하고 학교생활을 하면서 무척 많이 외로웠고 집에 가면 방에 들어가 혼자 베갯잇을 적셨을 그 많은 날 동안 아무 도움도 주지 못했던 담임 선생님인 것이다. 눈물을 흘리며 나에게 이야기하는 동안 아이는 힘들어했다. 친구가 없어 수학여행을 가기가 두렵다고 하는 이 친구에게 처방이 필요했다. 나는 내 기억을 떠올려 이야기를 나눴다.

  고등학교 시절 내 수학여행도 그다지 즐거운 기억은 아니다. 45인승 관광버스에 한 학급이 모두 탑승할 수 없어 학급에서 몇 명씩 떨어져 나와 다시 한 버스를 구성하여 이동했던 지난날의 수학여행이다. 그 당시 친구들과 함께 수학여행을 가고 싶어 하는 학급 친구들 속에서 나는 친한 친구가 없어 내가 다른 버스로 가겠다고 손을 들어 버렸다. 반에서 홀로 떨어져 나와 낯선 이들과 보낸 3박 4일은 지금 떠올려도 추억이 아닌 아픈 기억이다.

  45명도 넘게 한 학급에 있었는데 그중 단짝 친구 한 명 만들지 못했던 나의 수줍음이 떠올려지면서 수학여행을 가고 싶지 않다는 아이의 심정이 너무나도 공감이 되었다. 내 이야기를 들려주며 나 역시 그랬다고, 하지만 수학여행은 친구만이 전부는 아니었다고. 실은 수학여행 동안 누구와 함께 있었는지는 기억할 수 없지만, 수학여행 때 만난 동해 바다는 아직도 내 마음속에 남아 있는 나의 첫 동해 바다의 모습이다. 여행이 누구와 함께 가느냐도 정말 의미 있겠지만 여행 때 만난 장면 장면들이 나에게 주는 선물이라 생각하고 함께 가는 것이 어떻겠냐고 설득했다.

눈이 퉁퉁 붓도록 눈물을 흘리는 아이 모습에서 지난 3월부터 홀로 감내한 외로움이 덩어리째 내게 전해져 왔다. 지난 시간 동안 나는 좋은 담임이고자 노력했다. 학기 초 상담 활동으로 아이들의 기본 인적 자료를 확인하며 어떤 아이일까 호기심 가득한 마음으로 이야기를 나눴다. 함께 시간을 보내며 가끔 이야기 나누는 것으로 아이들의 일상을 알고자 노력했고, 힘든 일이 있으면 함께 짊어지고자 노력했다. 하지만 이러한 나의 모습과 이 아이와의 대화에서 만나는 담임 선생님인 나는 다른 모습이었다.

담임으로서 난 망했다. 1학기 수학여행 가정통신문을 받았을 때 이 아이와 이야기를 나눴더라면 더 일찍 이 아이의 외로움을 안아줄 수 있었을 텐데……. 바쁘다는 이유로 만남을 미루고 곧 잊어버리고 말았던 지난 시간. 그리고 한 번의 상담 이야기로 수학여행을 안 가는 이유가 가정사 때문일 것이라고 미루어 짐작하며 넘기려 한 내 선입견. 이런 순간순간의 장면을 떠올리며 과연 나는 좋은 담임 선생님이었을까, 좋은 담임 선생님은 어떤 의미일까에 대한 고민이 깊어진다.

좋은 선생님이 되리라는 꿈

좋은 선생님이 되리라 꿈꾸던 젊은 날에 좋은 선생님은 그저 수업을 잘하는 선생님이라 생각했다. 열심히 설명하고 학생이 문제를 잘 풀도록 지원해주고 학생이 좋은 대학을 가면 그게 다 내 덕분이려니 했던 시간들이 길게 자리 잡았었다. 하긴 그땐 그랬다. 교육과정에 대한 이해보다는 강의식 수업으로 아이들에게 많은 지식을 전달하고 아이들이 문제를 잘 풀게 하여 좋은 대학에 보내면 성공이라 여겼던 시간이었으니까.

그러던 어느 날 문득 시험 결과에 대한 회의가 느껴졌다. 수능에서 사회탐구 만점은 50점. 내 족집게 강의 실력이면 45점, 아니 40점 언저리에 아이들의 성적이 있어야 하는데 실제는 그게 아니라는 것이다. 내 강의에 문제가 있나, 난 EBS 강의를 잘 요약정리하여 전달했는데 왜 아이들의 성적은 그렇지 않은 것일까? 아마 그것은 사회탐구 공부를 내가 제일 열심히 하였기 때문일 것이다. 무려 같은 이야기를 적어도 6번은 반복했으니까. 즉 가장 좋은 학습법인 다른 사람들에게 내가 이해한 것을 잘 설명하는 하브루타 학습법을 아이들을 대상으로 교사인 내가 실천하고 있던 것이다. 그리고 모의고사를 치고 난 후 성적이 나오지 않는 아이들이 이해되지 않는다며 푸념했다. 도대체 이런 쉬운 문제를 못 맞추면 바보 아니냐고.

교사의 시선에서 바라보는 바보의 기준은 수업 시간에 가장 이해하기 쉽게 풀어 설명하고, 요약정리한 내용을 칠판에 필기해주고, 가장 쉽게 문제를 냈는데도 정답을 맞히지 못하는 자이다. 정말이지 절대적 기준이다. 만약 교육과정에서 과목의 학급 편성이 6학급이 되면 교사는 6번 같은 내용을 설명한다. 같은 개념을 무려 여섯 번 설명하는 동안 교사의 이야기에 집중해 주는 학생들이 있어 더 집중하여 설명할 수 있다. 가끔 잠자는 학생들만 외면하면 그뿐이다. 또 정리된 내용을 여섯 번 칠판에 적어본다. 그리고 정리된 내용과 설명한 내용을 바탕으로 문제까지 출제해 본다. 어떤 내용이 중요개념인지 모를 수가 없다. 내 과목에서는 내가 박사급이다.

그렇다면 학생에게 배움은 언제 일어났는가? 나에게 여섯 번의 배움의 순간이, 여섯 번의 기록의 순간이, 또 문제 출제를 하기 위해 많은 내용을 찾아보고 공부하는 순간까지, 교사에게는 배움이 일어나는 반면 학생에게는 배움이 있었다고 말할 수 있는 순간이 묘연하다.

필립 코틀러 『마켓 3.0』에서 인용한 중국 속담의 문구가 나에게 신선한 충격을 주었다.

"내게 말해보라, 그러면 잊어버릴 것이다.
내게 보여주라, 그러면 기억할지도 모른다.
나를 참여시켜라, 그러면 이해할 것이다."

내가 말했다는 사실과 상대방이 이해했다는 사실과의 혼동이 수업 시간에 곧잘 일어난다. 상대방이 완전히 공감하고 이해했다는 것을 고개 끄덕임으로 인지하게 되면 나의 수업은 성공적인 소통이었다고 할 수 있다. 그렇지만 시험 결과에서 살펴보듯이 그들이 이해했다는 것을 고개 끄덕임으로 대신할 수는 없다.

배움의 주체는 누가 되어야 할 것인가에 대한 질문이 수업 변화의 핵심이다. 여러 번 설명하고 정리해서 적어보고 또 가장 중요한 개념을 문제로 만들어 보는 과정에서 교사는 분명 자기 배움의 순간을 만나게 된다. 하지만 그것은 분명 교사의 배움이지, 학생의 배움이 아니다. 교사가 잘 배운 것을 전달한들 학생들은 잊어버릴 것이기 때문이다.

강의식 수업을 할 때 잠자는 아이들은 애교다. 잠자는 학생이 한두 명은 반드시 있는 고등학교 사회탐구 수업에서 기대할 것은 선택한 자들의 눈빛이다. 그들만 있다면 수업은 진행된다. 한두 명 열정을 다해주는 고객이 있다면 교육 서비스는 계속되어도 된다는 신념으로 열심히 강의 수업에 몰입했다. 그들이 시험을 잘 치는 그날까지 열심히 가르쳤다. 말 그대로 잘 가르쳤다. 무엇을 배웠는지 묻지도 않고……

수업 시간에 잠자는 학생이 늘어나고 동공의 힘이 풀려버린 아이들을 앞에서 바라보고 있으면 난 직장을 다니는 것이지 직업을 선택한 것이 아니라는 자괴감이 곧잘 밀려왔다. 직장과 직업 중 직장을 선택한 시간이었다. 직장은 일을 하고 돈을 받고, 직업으로 삼은 좋은 선생님은 유예한 채로……

변화와 수용의 간극

그러다가 수업의 변화를 위해 연수를 찾아다니기 시작했다. 잠자는 학생이 많아져서 교사로서의 자존감이 바닥을 내디딜 때쯤 활동수업으로 설계할 수 있게 된 것은 정말 고마운 단비가 되어 주었다. 이런저런 연수에서 여러 학습법을 접하면서 수업이 다양해지고 그럴싸해졌다. 그러다 만난 PBL 수업은 수업 설계의 매력에 빠져들게 했다. 한 학기 동안 하나의 프로젝트로 진행하는 긴 호흡의 수업을 펼쳐나갔다. 지난 학기는

B(Book), T(Technology), S(Social) 프로젝트로 책을 통한 깊은 사색, 새로운 에듀테크를 활용한 정보화기기 활용, 협업과 토론을 통한 사회성을 길러주기 위해 수업을 설계하고 진행하였다. 한 학기를 쏟아부어 결과물을 산출하고 피드백을 하며 학생들의 성장을 돕기 위해 동 교과 선생님들과 많은 시간 논의하였다. 자연스럽게 전학공으로 연결되었고 논의는 학생들의 배움으로 연결되리라는 철석같은 믿음이 있었다.

하지만 돌아온 것은 관리자의 부름이었다. 활동 수업으로 나의 변화는 시도했으나 학생들의 자기주도적 학습 능력의 수용에는 간극이 존재했다. 학기 수업이 마무리되지도 않은 시점에 학부모의 민원전화는 나를 당황하게 했다. 수행과제는 수업 시간에 활동으로 마무리될 수 있도록 설계했음에도 불구하고 성적이 민감한 아이는 과제를 집으로 안고 가 새벽까지 전전긍긍한 모양이었다. 모둠원들이 서로의 역할을 맡아 수행해야 할 것을 아무것도 하지 않으리라 하는 아이의 수행과제까지 본인이 떠안고 과제를 수행해야 했으니 시간이 모자랐을 것이다. 분명 협업을 통해 결과물을 수행해 가도록 설계했다 자부했는데 협업이라는 거푸집 속에 아이들 각각의 성향을 파악하지 않고 모둠원을 구성한 교사 잘못일 것이다. 또 하나는 수행과제의 모든 부분을 성적과 연결해 학생들을 힘들게 하지 않았나 하는 자기반성이다. 프로젝트 수업을 설계하면서 아이들의 배움과 참여와 협업은 앎과 삶의 연결이라 생각했는데 수행 과정이 성적과 연결되면서 그 방향이 사라지는 기분이었다. 교사의 수업 설계의 자유를 아이들의 성적으로 옭아매는 것은 아니었나 하는 반성이 되었다. 변화를 시도했으나 나만의 변화였나 하는 의문과 혼란이 나를 더 힘들게 했다. 망한 기분이 들었다.

🔖 다시 시작!

처음은 수업시간 잠자는 학생이 없었으면 좋겠다는 간절함으로 시작한 수업 변화였는데 이제는 어느 방향으로 가야 좋을지 길을 잃은 기분이다. 수업을 교사가 진행하는 것은 아이들의 이해를 도울 수 있는 좋은 방법은 아닐 것이기에 학생들에게 활동으로 배움을 이끌어 내길 기대했지만 배움보다는 성적에 함몰되어 있는 아이들에게 어떤 것으로 설계해야 할지 혼란한 시점이다.

학기를 끝내고 수업 과정을 다시 돌아보니 과연 학생들의 학습 의지를 살려서 한 수업이었을까 하는 의문이 남는다. 아이들을 내가 설계한 수업의 작동 요소로 생각한 것은 아닌지, 그들의 자발적 의지에 따른 수업이었는지 반문해 보면 아니라고 대답할 자신이 없다. 좋은 선생님은 배움의 순간을 기다려주고 격려해 주는 사람이라고 한다면 좀 더 인내하고 기다려야 한다. 이번 겨울 방학은 스스로에게 좋은 선생님인지 되묻는 시간을 보내야겠다. 아이들이 수업에 잘 참여하고 지혜의 바다에서 배움을 캐내도록 기다려주는 좋은 선생님이 되기 위한 답을 찾으면서…… 다시 시작!

실패의 끝은 언제나 슬픔

구병수

📖 어찌해야할지 나도 모르겠구나

"마치면 두 손을 흔드세요."

배움중심수업을 하고 싶다는 마음이 컸다. 시간이 허락하는 한 많은 연수를 다니고 다양한 수업 나눔을 관찰하며 자료를 수집했다. 처음과 달리 학기 도중에 모둠 활동을 시작하려 하니 학생들을 4명으로 모으는 것부터 쉽지 않았다. 모둠을 만들었지만 모둠을 필요로 하는 활동을 제시하지 못했다. "문제 1번을 풀어보세요." 넷이 모인 상황에서 같은 문제를 풀어보자고 했으니 아이들은 협력할 이유가 없었다. 허둥지둥 내가 준비한 말만 하던 교사는 그것을 인식하지 못하였다. 아이들은 똑같은 활동지를 앞에 두고 혼자 문제를 풀고 있었다. 옆반 선생님은 모둠 활동을 마친 아이들에게 별 스티커를 준다고 했다. '그래. 보상이 중요하구나!' 나는 아이들에게 손을 흔들어 별을 만들어 달라는 주문을 했다. 큰 교실에 초라한 손 몇 개가 올라갔다 금세 내려갔다. "마치면 두 손을 흔드세요." 이상한 주문은 내게서 부끄러움을 가져가지는 못했다. 그저 나를 탓하지 못하고 참여해주지 않는 학생들만 탓하며 첫 번째 시도는 실패로 끝이 났다.

📖 과거에 이미 실패했잖아

내가 고등학교 시절. 종이 치자마자 들어와 칠판 왼쪽 위 끝 지점부터 필기를 시작해 50분 동안 오른쪽 아래 끝까지 구간을 잘 나누고 색분필을 잘 사용하여 3번 썼다 지웠다 하는 수학 선생님이 있었다. 50분의 대부분은 선생님의 등을 보았고 잠시 쉬는 시간은 판서로 가득한 짧은 찰나였다. 뒤돌아보던 선생님의 시선은 교실 바닥에 있는 것 같았고 목소리는 앞 분단까지만 들릴 정도였다. 맨 뒤에 앉은 나는 복화술을 배우듯 입 모양을 잘 관찰하며 칠판의 글씨들을 빼곡히 공책에 옮겨 적었고 배움의 시작은 수업이 끝난 후 자습시간에 이루어졌다. 평소에는 수업을 잘 들었다고 회상하는 나인데, 그날은 빨리해야 하는 과제가 있어 맨 뒤에서 눈치껏 다른 교과서를 공부하고 있었다. 문득 교실이 너무 조용해 고개를 드니 낮고 작은 선생님의 목소리는 멈춰있었고 그 순간 교실의 어느 학생도 수업에 참여하고 있지 않다는 것이 내게 보였다. 선생님은 교실 전체를 천천히 둘러보시고 책을 덮고 그대로 교실을 나가셨다. 다음날 아무 일도 일어나지 않은 듯 선생님은 칠판을 다시 덮는 수업을 했고 수업을 잠깐이라도 안 해서 좋다는 아이들도 있었지만 수학 선생님이 되고 싶던 내게는 꽤나 깊이 기억되는 장면으로 남게 되었다.

　어느 정도 시간이 흐르고 교사가 된 내게도 동일한 순간이 있었다. 스물일곱, 처음 칠판 앞에 섰을 때 무더운 여름이었고 희망 학생에 한해 보충수업을 하고 있었다. 나름 젊고 위트 있는 선생님으로 인정받고 있지 않을까 하는 자화자찬에 취해있었던 것 같은데 수학 시간은 예외였다. 교생실습에서 배운 것이라고는 교사의 발문에 바로 대답하는 학생들이 존재하는 수업지도안이 다였기 때문에 대답이 돌아오지 않는 순간의 무안함을 견디지 못한 초보 교사는 질문을 줄이고 더 엄격하고 위계적이고 연역적으로 정의하고, 정리하고, 문제를 풀어나갔다. 그 순간에는 내가 방금 가르쳤는데 아이들이 모를 리가 없었고 내가 친절히 푸는 방법을 설명하면 착하고도 착한 학생들은 열심히 고개를 끄덕이고 문제 번호에는 동그라미가 가득하리라 생각했었다. 그래서 그 여름날, 종이 치고 인사를 하고 나는 페이지와 번호를 안내하고 칠판에 문제를 열심히 적다가 문득, 뒤를 돌아보니 아무도 내 수업에 들어와 있지 않았다. 창밖을 바라보는 아이, 휴대폰을 보는듯한 아이, 옆 친구와 이야기 나누는 아이를 보는 순간 나의 고등학교 시절이 떠올랐고 그 당시에는 '그래도 수업 시간에 교사가 자리를 떠나는 건 좀 그렇지 않나?'라고 생각한 아이가 자라 동일한 상황을 맞이한 교사가 된 나는 수업을 멈추었고 잔소리도, 아무 소리도 하지 않았다. 겉으로 태연한 척하며 속으로는 내가 너무 부끄럽고 부족해 슬픔과 절망을 느끼고 있었다. 내 노력에 대한 보상이 실패로 끝이 났고, 잊고 싶은 부끄러운 기억으로 남아 머릿속에서 점점 희미해져 갔다.

📖 시도를 했지만 난 자꾸 안 되는 것만 같아

'배움이 즐거운 수업나눔 축제'에서 수업친구 선생님을 만났다. 나와 같은 학년, 같은 단원을 수업하는데 50분을 구성하는 활동은 무척 달랐다. 집요하게 이것저것 물어보고 나서 월요일을 맞이하는 밤엔 왠지 나도 할 수 있을 것 같다는 자신감과 수업을 바꾸고 싶다는 열정이 금세 성공적인 결과를 가져올 것 같았다. 포스트잇도 사고 4절지도 사고 펜도 준비했지만 아이들의 마음을 살 수는 없었다. 나 스스로 내 수업에 대한 이해와 자신감이 없었기 때문이다. 우물쭈물하며 활동하지 않는 아이들과 끈기 없는 나를 함께 탓하며 여름의 온도가 올라가는 만큼 교실에는 내 목소리만 커져갔다. 저 선생님이 저 학교에서 그 학생들과 함께한 잘된 수업을 그대로 가져오니 내가 우리 학교에서 우리 학생들과 함께하는 수업에서는 예상치 못한 반응이 나왔다. 사실 지금 생각해보면 지극히 당연한 이야기일 수 있지만 그때는 다시 실수를 반복한다는 생각에 다시금 학생과 함께 하는 수업을 포기할 것만 같았다. 활동지에는 학생들이 채우지 않은 빈칸이 참 커다랗게 확대되어 보였다.

중단원, 대단원을 학생들이 풀어보게 하자는 생각은 무척 괜찮았다. 수행평가로 만들어 2학기 동안 30개의 도장을 받으면 100점이 되게 하였다. 아이들은 각자 문제를 골라 발표하였다. 도장을 찍어줄 때마다 조금은 뿌듯했다. 평소에 한마디 없는 아이들도 칠판 앞에 나와 문제를 친구들에게 설명하는 모습이 무척 흐뭇한 장면으로 기억되었다. 도장을 받을 수 있는 날짜가 얼마 남지 않게 되자 부작용이 나타났다. 도장의 개수가 5개 미만, 10개 미만인 아이들은 더 이상 도장을 받으려는 의지를 표현하지 않았다. 50점이나 60점이나 자신에게는 피차 일반이었던 것이다. 도장이 30개가 다 되어가는 아이들도 고민에 빠졌다. 내가 더 많이 발표를 해야 하는데 남은 문제 수가 모자라게 되자 이런 말을 했다. "쟤는 이미 글렀어요. 나는 두 개만 더 받으면 되니 발표는 내가 하는 게 맞아요." 협동이 사라지고 독과점 현상이 나타나자 나조차도 정말 무엇이 맞는지 모르게 되었다. 다 함께 조금씩 수업에서 역할을 맡아주길 바랐지만 하려는 아이에게도 하지 않으려는 아이에게도 나는 칭찬도 응원도 하지 못한 채 학년을 마치게 되었다.

📖 다시 시작해보자

다시 1학년을 맡게 되며 학기 시작 전 교육과정을 살펴보고 여러 자료들을 활용한 재구성 과정을 미리 해보았다. 출판사에서 제공하는 자료를 받아만 두고 폴더도 채 열어보지도 않았었는데 단원별로 학생들과 할 수 있는 활동들이 많이 소개되어 있어 이것을 따라 하며 조금씩 응용해보기로 했다.

중단원, 대단원 문제를 교사가 풀지 않으려면 어떤 활동을 해야 하는가를 고민하고 찾아보았다. '둘 가고 둘 남기'는 4명을 한 조로 해 2명은 문제를 설명하고 다른 2명은 설명을 들으며 일정 시간이 지난 후 2명씩 이동해 모든 문제의 설명을 듣고 다시 역할을 바꿔 설명을 주고받는 활동이었다. 아이들은 내가 칠판에 문제를 풀어줄 때와는 전혀 다른 표정을 보여주었다. 친구의 설명에 자주 질문하고 친구의 설명에 귀를 기울이며 서로 도움이 되었고 내겐 활발한 교실이 보였다. 늘 잠자던 아이도 설명을 듣는 역할은 충실히 해주며 수업의 주인이 되는 모습이 내게는 큰 자신감을 주었다. 어느 날 흐뭇한 미소를 머금고 마칠 준비를 하려는데 한 아이가 이렇게 말했다.

"선생님, 활동을 열심히 했는데 아무것도 안 배운 것 같아요."

아이의 말이 참 크게 들렸다. 맞지 않는가. 나는 아이들이 깨어있고 떠드는 모습에 기뻐했는데 정작 배움이 일어났는지를 체크하고 있었을까? 아이들의 설명에 오류가 있는지 염탐하듯 듣는 게 활동 중 나의 역할일까? 3시간이나 투자해 문제 풀이 활동을 했는데 아이들은 중요한 문제를 풀지 못하는 상태로 남을 때 나는 이제 무엇을 또다시 해야 하는가? 이후에 지식시장도 해보고 노노그램을 이용해 문제풀이도 해보고 다양한 방식을 적용했지만 여전히 활동과 내용 사이에 주객이 전도되는 것은 아닌가 하는 불안감을 해결하지 못하고 학기를 마치게 되었다.

돌아보면 나조차도 쉬운 배움, 빠른 성과를 기대한 것이 아닐까 다시금 생각해보게 된다. 함께 하는 것은 여전히 어렵지만 이제 다시 나 혼자만의 교실로 돌아갈 수 없다. 전문적 학습 공동체 모임 '수학이 필요한 시간'을 함께 하며 고민을 꺼내고 의견을 나누며 다시 수업을 시작하고 있다. 나는 나의 또 다른 실패를 기다리고 있다. 그땐 쉽게 포기하지 않을 것이다.

나를 닮을까 두려운 우리 반

우리 반이라는 집합 안에 스물다섯 명의 아이들이 나를 바라보는 공간에서 시간을 어떻게 채워나가야 할까 고민이 들었다. 다양한 시선을 보내며 아이들은 다양하게 다른 질문을 던졌다. 때로는 내가 생각하는 관점에 대해 아이들에게 이야기하고 싶어 준비할 때도 있었다. 하지만 많은 경우에 어려웠다. 내 이야기를 꺼낸다는 것이. 학생들이 나를 닮을까 봐 두려웠다. 하지만 내가 좋아하는 것을 많이 소개하고 싶었다. 이 양면성 속에서 나는 대부분 해야 할 말의 타이밍을 놓치고 말았고 그때 이 말을 하지 못했음을 후회했고, 준비한 말을 하려는 찰나에 매번 다른 짓에 집중하는 것처럼 보이는 아이들을 미워하고 원망하는 것이 반복되었다.

나를 무서워하는 아이를 바라본다는 것

아이들을 많이 생각했다. 아침에 아슬아슬하게 등교하는 아이들이 연락 없이 교실에서 보이지 않을 때 다른 선생님 눈에 띄기 전에 내가 먼저 발견해야 마음이 놓였다. 아이들을 많이 생각하고 신경 쓴다고 생각했던 내 행동이 아이들을 망치고 있구나 하는 생각이 들기 시작했다. 아침에 늦을 경우 그 이유를 꼭 문자로 해달라는 약속을 했었는데 어느 날부터 아이는 말도 없이 늦었고 교실에 늦게 들어와서는 짝지와 웃고 떠들기부터 했다. 아이를 기다리며 밖에 나와 있는 나를 피해 도망치는 모습도 보았다. 화가 났지만 화를 내야 할까 고민이 들었다. 왜냐하면 이전에 꾸지람을 했더니 상황은 개선되지 않고 서로에 대한 반감만 키웠던 경험이 떠올랐기 때문이다. 아이가 달라지기를 기다리다 또 기다리다 보면 아이는 다시 실수를 반복하고 있었다. 기다림은 결국 화난 표정을 만들었고 아이를 바라보는데 아이가 지금 나를 무서워하고 있구나라는 게 느껴졌다. 나의 말이 자신을 위하는 것이 아니라 자신을 탓하는 것이라는 걸 느낀 아이의 표정은 참 힘들어 보였다. 아이를 탓하는 게 아니라 그때그때 적절하게 아이의 행동에 대해 충고했어야 했는데 결국 기다림의 끝에 아이를 미워하게 된 나를 보니 너무나 슬펐고 또 이 정도밖에 못하는 나의 부족함에 힘들어하고만 있었다.

🪶 걱정하는 것이 아니라 의심하고 있었던 것이었어

기다림의 문제는 곧이어 나쁜 상황으로 커져갔는데 나는 봐줄 수 있지만 다른 사람에게 피해가 되기 시작했다. 청소 시간마다 교실에 찾아갔다. 청소를 시작하고 있지 않을 때면 아이들을 깨우고 먼저 책상을 밀면서 청소를 시켰다. 아이들이 청소 안 하면 안 되냐고 물어보면 눈 딱 감고 넘겨주기도 했다. 어느 날 교실에 들어가 청소하자 말하고 잠시 자리를 비웠는데 다시 교실에 왔을 때 아이들은 반 이상 청소를 하고 있지 않았다. 아이들은 황당해하는 나의 행동을 대수롭지 않게 여기는 듯했다. 이때 나는 아이들을 신뢰하지 못했다는 것을 깨달았다. 아이들을 신경 쓰고 생각한 게 아니라 의심했다. 내가 없으면 안 될 것이라고 믿었고 더 챙겨주려고 했지만 사실 아이들은 나를 신경 쓰지 않았다. 내 눈치도 나의 속상함도, 나의 감정은 모두 결국 나의 탓처럼 느껴졌고 참고 참았던 감정의 결과는 항상 화로 끝이 났다. 견디다가 터지고야 만 나는 아이들에게 속상하다고 했고 슬프다고 했다. 다른 선생님들이 아이들에게 화난척하는 게 중요하다고 이야기했었다. 무서운 역할을 해야 한다고. 나는 화를 냈다. 진짜 화를 내었고 다음날, 다음 시간의 수업까지도 내 감정을 지워낼 수가 없었다. 타이르고 격려하고 상황을 개선하기 위해 서로 노력해야 했었는데, 학생 입장에서는 계속 모르다가 갑자기 혼이 나니 기분이 나빠졌고 감정이 상하는 경험이 늘어났다. 건강한 관계는 갈등이 없는 사이가 아니라 갈등이 생겨도 서로 대화와 공감을 통해 갈등을 풀어낼 수 있는 사이라는 것을 인지하고 있고 학급 아이들에게도 여러 번 이야기했지만 나 스스로도 잘 해내지 못하는 어려움이 나의 약점이었고 여전히 나를 힘들게 하는 다양한 갈등이 해결되지 못한 채 남아버렸다. 감정 표현을 잘 해내지 못하는 나는 다시금 혼자만의 동굴로 들어가 울어버렸다.

재미없는 선생님은 말도 통하지 않고

업무분장을 쓸 때 내 기억에는 축제만 피하고 싶다고 했던 것 같은데 떡하니 배정받은 업무 중 하나가 축제였다. 내가 축제를 피하고 싶었던 이유는 나 스스로 즐기는 것에 큰 관심이 없었기 때문에 전교생의 즐거움을 책임지는 업무는 전혀 어울리지 않을 것이라 여겼기 때문이다. 전해 담당 선생님께 몇 번이나 준비과정에 대해 이야기를 들었지만 처음 하는 일에 진도는 더디게만 나아갔다. 반복되는 야근과 끝이 없는 업무처리에 지쳐가면서도 축제 전날은 기다리지 않고 찾아와 리허설을 앞두고 있었다. 축제를 준비하며 아이들에게 공격을 많이 받은 부분이 '작년에는 이랬는데' 혹은 '작년에는 안 이랬는데'하는 비교하는 말이었다. 내 딴에는 나만의 스타일로 더 유익하고 재미있는 시간을 준비하고 있는데 담당 선생님을 보니 벌써부터 '노잼'이라는 소문을 내 귀로 듣게 되니 속이 상했고 왜 이렇게 변화를 하는지 구구절절 설명하고 싶었지만 재미없다는 말을 뒤집으려 노력하는 수밖에 없었다. 공연의 1부와 2부 사이에 밴드부의 공연이 있었는데 리허설 10분을 진행하기 위해 악기 세팅과 사운드 체크의 시간이 너무 오래 소요되었다. 다른 일정도 고려해야 하는 입장에서 밴드부장에게 빠른 진행을 닦달만 했는데 부장 친구가 화를 냈다. 작년에도 비슷한 상황이 있었고 공연 순서에 대해 불만을 표출했었는데 올해도 어김없이 반복되는 상황에 자신은 화가 많이 난다고 했다. 작년의 상황에 대한 인계를 받지 못했기 때문에 이런 상황에서 처음에는 밴드부가 리허설 시간을 더 요구하는 모습에 나는, 내게로 오는 감정의 쏟아냄이 불편했기에 부장 친구에게 똑같이 화를 내며 거절했다. 부장 친구는 몇 번 화도 냈다가 부탁도 했다가 했지만 내가 결정권을 가지고 있었기에 분을 참고 물러났다. 또다시 화내는 학생에게 똑같이 화를 냈다는 죄책감이 들었고 속이 상한 채 리허설을 진행했다. 곰곰이 생각해보니 나조차도 작년의 관습에 얽매여 있는 것을 느꼈고 공연의 순서를 바꿔 맨 처음에 밴드부 공연으로 시작하면 점심시간에 충분히 악기 세팅이 가능하며 매끄러운 진행도 이어질 것 같았다. 밴드부장 친구를 다시 불러 화를 낸 것을 사과하고 내가 작년 상황에 대해 인식하지 못했다는 것을 알렸다. 친구의 주장이 정당했다는 것을 인정하고 밴드부를 위해 공연 순서를 변경하고 싶다고 의사를 전했다. 부장 친구도 자신이 화낸 것에 대해 사과하였고 리허설도, 공연도 무사히 마칠 수 있게 되었다. 이후 그 친구와도 웃으며 마무리 문자를 나눌 수 있었다.

🪶 감정 표현을 실패하며

끓는점에 대한 글을 읽은 적이 있다. 서로 간에 끓는점이 다를 때, 예를 들어 나는 50도에서 끓고 상대방은 100도에서 끓을 때, 70도에서 나는 최선을 다해 감정을 표현하는 것인데 상대방은 내게 '당신은 참 차갑네요'라고 이야기를 한다는 것이다. 돌아보면 나는 늘 서로 다른 온도에 대해 신경을 지나치게 쓰다가 감정 표현에 실패하게 되었다. 표현은 여전히 내게 무척 어려운 과제이다. 슬프다고 말하지 못하고 슬픈 것 같다고 말하게 되는, 감정도 생각을 해야만 하는 나 자신이 참 밉지만 부족함이 한 번 더 노력하는 기회를 준다고 믿고 싶다. 곽진언의 노래 〈자랑〉에 보면 "사랑을 나눠줄 만큼 행복한 사람이 되면"이라는 가사가 있다. 그런 사람이면 좋겠다. 그렇게 되면 자랑을 해보고 싶다. 나의 기쁜 감정도, 나의 슬픈 감정도……. 내 온전한 감정이 드러날 수 있는 그때가 너무 멀지는 않았으면 좋겠다.

2부

잘해보고 싶다

포스트잇의 공포

김미희

📖 나는 연계교재 문제 푸는 기계?

고3 수업을 해 본 수학 교사라면 내가 'EBS 연계교재 문제 푸는 기계'가 되었나 하는 생각이 들 때가 있다. '내가 이러려고 수학 교사가 됐나.' 하는 회의감과 씁쓸함은 물론이고, 한 문제 풀이에만 20~30분 걸리는 모의고사 킬러 문항들을 풀며 이면지 몇 장을 써가면서도 답이 나오지 않을 때 '내가 이런 실력으로 애들 앞에서 수학을 가르쳐도 되는 건가?' 하는 생각에 수학 교사로서 자존감이 바닥을 치기도 한다. 또, 나는 아이들에게 문제 풀이로서의 수학이 아닌 수학 자체의 즐거움을 느끼게 해 주고 싶어 교사가 되었는데 적나라한 일반고 교실 현장에서 나는 이상과 현실 사이에서 매 순간 갈팡질팡하고 있다.

고3 수업을 담당하게 되면 개학 전부터 새 학기 맞이 준비도 되지 않은 주인 없는 학년 교무실에 EBS 연계교재가 겹겹이 쌓인다. EBS 수능특강, 수능완성, 수능 기출문제 모음집, 파이널 모의고사까지 디자인은 같지만, 과목별로 겉표지 색깔만 다른 책들이 교무실 바닥 이곳저곳 널브러져 있다. 교재연구도 별다른 게 없다. 수업 도입 때 쓸 유용한 실생활 예시를 찾거나, 활동지에 넣을 좋은 질문을 고민해보는 일 따위는 필요 없다. 그냥 아이들 앞에서 연계교재를 풀이하다 중간에 막히지만 않게 미리 문제를 한 번 풀어가는 것으로 충분하다. 이따금 고난도 문제를 풀다가 막히면 친절한 해설지를 보면서 '아. 이렇게 푸는구나. 이런 풀이를 어떻게 애들이 생각해내라고 출제했나?' 하면서 문제 탓을 한다. 그리고 아이들 앞에서 막힘없이 풀이 과정을 재현(?)하기 위해 여러 번 끄적거려본다. 그렇게 몇 년을 나도 고3 수업을 했다.

📓 지겹고, 지겹다

너무 지겹고, 또 지겹다. 이제는 더 이상 그렇게 하고 싶지 않다. 정말 그렇게 하고 싶지 않다. 그렇게 결심을 한데는 여러 가지 이유가 있다. 우선은 수업 진도나 입시제도 평계 뒤에

숨어 하나둘 쓰러져 가는 아이들을 방치하면서 나 스스로 합리화하는 수업을 하고 싶지 않다. 또, 내가 아무리 열심히 풀이를 해도 아이들은 풀이를 다 이해한 듯 보이지만 실제 시험에서 조금만 유형을 변형해도 풀어내지 못하는 아이들이 너무 많다. 내가 아이들 앞에서 몇 문제를 더 풀이하고, 덜 풀이하고는 중요한 것이 아닌 것을 이미 알고 있었지만 외면했다. EBS에서 과목별로 연계 교재와 수능 연계율을 70%니 80%니 떠들어대도 아이들의 체감율이 낮은 것처럼 말이다. 그리고 수업의 전부를 '나'의 문제 풀이로 채우다 보니 정작 대입에서 중요한 생활기록부 과목별세부능력및특기사항에 적을 내용이 너무 빈약했다. 이런 여러 가지 이유로 나는 올해 더 이상 '그런' 수업을 하지 않기로 마음먹었다. 결심은 단호하고 나름 괜찮았다. 이제야 진짜 선생님이 된 것 같은 자아도취에도 잠시 빠졌다. 하지만 대책이 없다. 고등학교, 그것도 고3 수학 수업에서 문제 풀이를 안 하면 뭘 한단 말인가.

🖼 나의 치트키가 된 '지식시장'

그때 불현듯 지난 겨울방학 배움중심수업 직무연수에서 배운 지식시장 활동이 생각났다. 지식시장 활동이란 아이들 스스로 수업할 내용을 함께 또는 혼자서 공부하고, 판매자가 되어 구매자인 다른 친구들에게 공부한 지식을 가르쳐주며 팔고, 구매자는 자신이 모르는 또는 배워야 하는 지식을 판매자에게 배워서 지식을 사는 것이다. '참! 이름 하나 멋지게 지었다.' 탄식하며 연수를 들었었다. 나의 문제 풀이가 아닌 아이들의 문제 풀이로 수업을 채우고, 또 그 풀이를 말로 표현하면서 서로 가르치고 배우는 역동적인 고3 교실. 상상만으로도 소름이 돋았다. 바로 이거야.

개학 전에 학교에 미리 나와 지식시장 활동에서 사용할 화폐를 컬러 인쇄, 코팅하고 가위로 오리고, 뾰족한 코팅 끝 모서리가 여학생들 손을 찌를까 둥글게 잘라두기도 하고, 지식을 팔고 살 쇼핑 리스트 학습지를 만들고 아이들이 알 만한 명품 로고도 재미있게 넣어 만반의 준비를 했다.

드디어 첫 지식시장 수업이다. 아이들에게 이 수업을 하게 된 나의 고민과 활동 방법, 활동을 통해 아이들이 키울 수 있게 될 능력까지 언급하며 아이들의 동의를 얻어냈다. 아이들도 새로운 형태의 활동적인 수업과 그에 따른 생활기록부 기록이 꽤 매력적으로 다가온 듯했다. 그래도 현실의 연계교재를 피할 수는 없기에 연계교재를 최대한 활용하고자 교재에 나오는 문제 중 스스로 해결할 수 있는 문제를 풀고 그 과정을 팔고 사도록 했다. 결과는 성공이었다. 우선은 흔하디흔한 잠자는 고

3 교실에서 자는 학생이 하나도 없었다. 아이들이 내 수업에서만 유일하게 안 잔다고 말하기도 하고, 다른 선생님들도 "선생님 수업은 어떻게 하길래 자는 애들이 없어요?"라고 말씀해 주실 정도였다. 여학생들이 다양한 옥타브의 명랑한 목소리로 서로의 풀이 과정을 설명하고 공유하며 웃기도 하고, 자신의 풀이가 맞다고 광분하기도 하는 소리로 가득 찬 나의 교실, 바로 이거였다. 내가 꿈꾸던 역동적인 고3 수업. 그렇게 몇 차시를 계속 진행했다. 몇몇 아이들은 수업 끝날 때 직접 내게 다가와 수업을 이렇게 하니 한 문제 한 문제 풀이에 대해 정확하게 이해할 수 있어 너무 좋다며 앞으로도 계속 이렇게 수업하고 싶다고 노골적으로 내 수업을 칭찬하기도 했다. 다른 과목 선생님들도 자신의 수업에 활용하고 싶다며 어떻게 진행하는지 배우고 싶다고 말씀해 주셨다.

📰 보고 싶은 것만 봤던 나의 실수

수업이 기대되어 학교 출근이 기다려지던 행복한 때였다. 그러던 어느 날 출근을 했는데 내 책상에 몇 장의 포스트잇이 붙어 있었다. '선생님, 언제까지 이렇게 수업하실 건가요? 그냥 문제나 풀어주세요.', '지식시장 판매자가 될까 너무 긴장돼요.

지식시장 활동하는 날엔 학교에 오기도 싫어요.', '선생님 수업 시간만 되면 숨이 막혀요.', '제가 힘들게 열심히 푼 문제 풀이를 왜 친구들에게 힘들게 설명해줘야 해요? 걔네들은 날로 먹는 거잖아요. 불공평해요.'

순간 망치로 머리를 한 대 맞은 듯 멍했다. 나와 수업했던 아이들이 적은 것이 맞나 싶었다. 하지만 실망을 금방 접어두고 어떠한 수업방식이라 할지라도 좋아하는 아이도 싫어하는 아이도 다 있지 하며 무시하고 넘겼다. 그런데 하나둘 책상 위에 익명의 포스트잇은 늘어갔다. 포스트잇이 나에게 공포와 두려움으로 다가왔다. 같은 학년 교무실 샘들께서도 무슨 일이냐며 묻기도 하셨다. 그러는 중에 좀 더 내 지식시장 수업을 들여다보게 되었다. 그때 알았다. 그동안 나는 내가 보고 싶은 것만 보고, 듣고 싶은 것만 들었다. 아무도 자지 않는 아이들과 뭔가 하는 듯해 보이는(?) 교실의 모습, 아이들의 왁자지껄한 소리에만 만족하고 있었다.

자세히 내 수업을 들여다보니 그동안 안 보이던 것 아니, 보고 싶지 않았던 것이 보이기 시작했다. 지식을 파는 학생은 구매자 친구를 많이 상대해야 돈을 많이 벌어 모둠 결과에 기여할 수 있으니 상대 친구가 이해하든지 말든지 상관없이 대충대충 설명하고 있었다. 또, 쉬운 문제도 돈을 많이 벌기 위해 높은 가격으로 책정하고 이해를 제대로 못 해서 한 번 더 설명을 원하는 친구를 시간이 없다며 대놓고 노골적으로 무시하고 있었다.

지식을 사는 학생도 모르는 문제를 알고자 하는 의지보다는 돈을 쓰지 않아야 모둠 결과에 기여할 수 있으니 모르면서도 질문하지 않고, 아는 척 넘어가 버리고, 최대한 돈을 안 쓰려고 시간만 버티고 있었다. 그리고 수업 시작 때 랜덤으로 정해지는 판매자와 구매자 역할도 선정 규칙대로 따르지 않고 수학을 잘하는 아이는 판매자, 못하는 아이는 구매자로 그 역할이 고정되어 있었다. 판매자 친구의 설명이 매끄럽지 못하면 구매자 친구가 수학을 더 잘하는 아이인 경우 구매자라 하더라도 설명에서 막히는 부분이나 틀린 부분을 도와줄 수도 있었을 텐데 입을 꾹 다물고 '그래, 네가 설명을 얼마나 맞게 잘하나 보자'하는 식으로 쏘아보고, 그 앞에서 판매자 친구는 마치 시험이라도 보는 양 땀을 뻘뻘 흘리며 얼굴이 벌겋게 상기된 채로 머뭇거리고 있었다.

내가 연수에서 들었던 지식시장 활동의 모습도 아니고, 내가 원하던 나의 교실 모습도 아니다. 여학생들은 자존심이 세고, 자신이 모르는 것을 남이 아는 것에 매우 부끄럽고 민감하게 생각한다는 것을 간과했다. 내신 등급제로 그렇지 않아도 동료보다는 경쟁상대로 친구를 대하는 데 내가 지식시장용 화폐와 모둠 결과, 생활기록부 기록을 미끼로 아이들끼리 더욱 잔인하게 경쟁하도록 부추긴 것이다. 누적된 수학 학습결손으로 수학 문제를 거의 풀 수 없는데 무작정 판매자로 지정되어 다른 친구들에게 수학 문제를 풀게 하고 그 과정을 설명까지 해야 하는 아이들의 스트레스는 정말 엄청났을 것이다.

📖 대안이 된 '배움 부스' 활동

그렇다고 다시 이전 수업으로 돌아가기는 학생활동수업의 그 맛(?)을 알아버려 돌아갈 수 없었다. 수업의 혁신이란 아예 새로운 것이 아니라고 했다. 온고지신(溫故知新)처럼 문제점을 찾아 보완하여 나만의 수업을 만드는 것이 맞다고 생각한다. 슬로리딩, 하브루타, 지식시장, 보석맵 등 수업방법 개선과 관련한 다양한 교수학습기법이 많지만 내 교실과 내가 가르치는 아이들은 다 다르기 때문에 그 어떤 정답도 없다. 정답이 있는 것이 이상하다. 이전에 하던 대로 수업을 하면 실패할 일도 없다. 하지만 발전도 없다. 매일 고민하고 또 고민하다가 요즘 다양한 수학체험전 행사를 보면서 지식시장에서 폭망한 경험을 바탕으로 '배움 부스' 활동을 대안으로 고민하고 준비하여 또다시 도전했다.

지식시장은 모든 아이들이 판매자가 될 가능성이 있어 수학을 못 하거나 활동에 참여하고 싶지 않은 아이도 해야 한다는 부담감이 있었다. 배움 부스 활동은 주제별로 부스를 운영하고 싶은 아이들 2명이 한 조가 되도록 희망을 받아 운영했다. 그러면 대략 전체 학생의 3분의 2 정도만 부스 운영을 하게 된다. 나머지 아이들은 자신이 모르는 것을 배우기만 하면 된다. 그리고 기존의 모둠별 수익금 경쟁 대신 긍정의 피드백을 주도록 했다. 별점이나 포스트잇으로 어떤 부분에서 어떻게 자신에게 도움이 됐는지 적어 부스 운영 설명 포스터에 붙이도록 했다. 여학생들이라 말도 얼마나 예쁘게 적던지. 하트며 별, 귀여운 작은 캐릭터 그림까지 고생한 부스 운영자들에게 힘이 되도록 잘 적는다. 그러니 설명도 더 열심히 친절하게 하고, 배우는 친구들도 더 진지하게 경청하고 배운다. 배운 내용과 관련된 교재 문제로 구성한 간단한 학습지에 비슷한 유형을 스스로 여러 문제를 풀면서 자기 것으로 만드는 스스로 학습 과정을 수업의 주 활동으로 삼았다. 그 과정에서 개인적으로 힘들어하는 아이들에게 다가가 나는 개별 코칭을 주로 한다. 그래서 수업 시간에 나는 더욱 바빠졌다.

📓 수포자 신분세탁 프로젝트

수학은 참 잔인한 과목이다. 과목 특성상 중간에 한 눈이라도 잠깐 팔게 되면 다시 따라오기가 어려운 과목이다. 불과 몇 년 전까지만 해도 내 개념설명이나 문제 풀이 과정을 이해하고 고개를 끄덕거려주는 과반수 이상의 아이들 리액션에 내가 할 소명(?)을 다했다 생각하고 뿌듯하게 수업을 마치고 나올 때가 있었다. 그 외 대여섯 명의 아이들을 제쳐두고 말이다. 그러나 반대로 요즘에는 대여섯 명의 아이만이 이해하는 듯하다. 그렇지 않은 다수의 아이들을 외면하거나 그 아이들이 내 수업이 아닌 다른 곳에서 배워와 비슷한 출발선에서 출발하기를 바라기만 하면 안 된다. 이런 고민을 하던 시기에 동명의 책(최수일 외 4인)을 읽고 깊은 울림이 있었고, 수업에 대한 고민을 하면서 일명 '수포자' 아이들에게 내 시선이 가기 시작했다.

교육 선진국으로 자주 언급되는 핀란드에서는 1명의 기초학력부진 학생에게 연간 3천만 원 가까운 금액이 지원된다고 한다. 우리는 보통 야간에 운영되는 기초학력향상수업으로 국영수 과목 8, 9등급 되는 아이들을 강제로 모아 수업하면서 강사수당으로만 2백여만 원 정도를 지원한다. 하지만 이 아이들이 졸업하고 성인이 되어 지역사회에 1억에 가까운 기여를 하지 못할까 하고 생각하면 우리가 지원하는 금액은 턱없이 부족하다. 그것도 초반에 20여 명 남짓에서 시작해 수업을 종강할 때쯤 되면 한두 명 남기 일쑤다.

그래서 나는 야심 차게 '수포자 신분세탁 프로젝트'를 시작했다. 우선 이제라도 다시 수학을 공부하고 싶은 학생들의 신청서를 받았다. 매일 일일 학습지를 풀어 확인을 받아야 한다는 단서를 달고나니 아무도 신청을 안 하면 어쩌지 하고 걱정했는데 웬걸 30명 가까운 아이들이 직접 자신의 수학에 맺힌 한(?)을 꾹꾹 눌러쓴 신청서를 제출했다. 정말 세상에 공부 잘하고 싶지 않은 아이는 없다는 말이 맞는 것 같다. 자신이 정한 멘토와의 서약서를 작성하고, 상담 선생님의 협조로 자존감 특강, 학습코칭 특강, 수학 감정 빙고게임 등의 특강을 진행했다. 그리고 매일 내 책상 위에 있는 일일 학습지를 들고 가서 풀고, 수시로 확인을 받게 했다. 예를 들어 정규 수업에서 3, 4차 방정식 인수분해 수업을 하면 중학교 때 배웠던 2차 방정식 인수분해를 모르는 경우가 있어 단톡 창을 개설하여 관련 영상을 직접 업로드 시키는 식으로 학습을 도왔다. 창원에 있는 경남수학문화관에도 데리고 가서 수학체험을 할 기회도 주었다. 이때 체험을 마치고 집으로 돌아오는 길에 한 학생에게 받은 메시지는 아직도 잊을 수가 없다. 학교에서는 공부 잘하는 아이들만 이런 체험을 시켜주는 줄 알았는데 자신처럼 공부 못하는 아이들도 이런 곳에 데리고 가 주셔서 고맙다는 내용이었는데 메시지를 받고 얼마나 가슴이 아렸는지 모른다. 내가 사랑하는 수학이 아이들에게 얼마나 큰 공부 상처를 주었는지 생각하면 참 마음이 아프다.

프로젝트에 참가한 아이들은 점차 수업 시간에 자는 모습이 없어졌다. 나름의 선생님과의 의리(?) 때문인지 수업 참여도가 높아졌고, 성적도 아주 조금씩이지만 천천히 향상되었다. 수학 시험을 치고 쉬는 시간에 찾아와 난생처음으로 서술형 답안지에 뭘 써서 백지를 안 냈다며 자랑을 해 댔다. 그리고 그 아이들이 수업에 참여하면서 수업에서 나와 아이들의 관계도 좋아졌고, 나의 노력과 열정이 아이들에게 전달됐는지 내가 수업을 이끄는 대로 아이들이 믿고 잘 따라주는 것 같았다. 또, 내 수업에서는 틀려도 몰라도 괜찮고, 자신이 수학을 하고자 하는 마음만 있으면 선생님과 주변 친구들이 도와줄 수 있으며 몰라서 묻는 것이 부끄러운 것이 아니라는 수업 분위기가 아이들에게 안전함을 느끼게 해 주는 것 같았다.

실패는 새로운 도전의 시작

수포자 신분세탁 프로젝트 진행 중 수학에 대한 자신의 감정, 느낌, 상처 등을 종이에 적는 시간이 있었다. 한 아이가 적은 종이에는 "그것도 모르면서 고등학교 어떻게 왔냐", "이것도 계산 못 함? 장애인?", "니가 우리 반 평균 다 깎아 먹는구나", "발로 풀어도 너보다 잘 나옴" 등등의 말들이 적혀 있었다. 수학을 못할 뿐인데 평생의 낙오자, 문제아로 취급되어 온 그 아이가 받은 상처를 생각하면 너무 마음이 아프다. 그 아이는 프로젝트 신청서에 '수학 시험 시간에 한 문제라도 직접 풀어보고 싶어요'라고 적었다. 작년과 올해 2년간 누구보다 프로젝트에 성실하게 참여했다. 모르는 문제를 쉬는 시간마다 찾아와 배웠고 성적도 점점 올라 원점수 50점에 근접하기도 했다.

올해 수업 시간에는 몇몇 아이들이 그 아이에게 찾아가 질문하고 배운다. 작년에는 자신이 가르쳐줬는데 올해는 상황이 완전 역전됐다며 그 아이를 두고 장난 섞인 탄식을 하는 아이도 있다. 수업 시간 및 학교생활에서 모범 학생으로 학급 친구들의 직접 투표에 따른 지지를 얻어 모범 학생 표창장을 받기도 했다.

나의 지식시장 수업의 실패는 수업 중 아이들을 따뜻하고 친근하게 바라보는 눈을 가진 교사로서의 성장을 이끌었고, 그 아이에게 수학의 실패는 수포자 신분세탁 프로젝트 도전의 시작이 되어 수학 시간에 눈에 띄는 존재감을 지닌 아이로 성장하게 했다.

여전히 수학과 수학 시간이 너무 괴롭고 힘든 아이들이 있고, 선생님의 눈에 나긴 싫어 활동 수업에 참여하는 듯 보이지만 활동지 밑에 모의고사 기출 문제집을 겹쳐 펴놓고 슬쩍슬쩍 문제를 푸는 아이들도 있다. 입시제도나 교육 시스템 등은 내가 어떻게 할 수 없지만, 나의 교실과 나의 수업, 내가 가르치는 아이들은 내가 충분히 변화시킬 수 있다고 생각한다. 내 수업을 통해 자신이 모르는 것을 스스럼없이 물어볼 수 있는 용기, 어려운 과제에 도전하고 해결했을 때 느끼는 성취감, 그런 성취감이 누적된 수학의 행복한 경험, 수학으로 세상을 바라보는 안목 등을 키우며 교사인 나와 함께 아이들이 성장하기를 바란다. 그러면 내가 좋아하는 수학을 내가 가르치는 아이들도 좋아하게 되지 않을까?

나의 모둠 수업 고군분투기

구민주

모둠 수업의 필요성에 대해서 이미 많은 선생님들이 공감하고 계신다. 특히 사회과는 민주시민성 함양을 목표로 하고 있고, 민주 시민이 갖추어야 할 역량 중심 수업을 실시해야 한다. 교과 수업은 아이들의 역량을 증진할 수 있어야 한다. 사회과 교과 역량으로는 창의적 사고력, 비판적 사고력, 문제해결력 및 의사결정력, 의사소통 및 협업능력, 정보 활용 능력이 있다. 특히 의사소통 및 협업능력이라는 역량을 길러주기 위해서는 모둠 수업이 반드시 필요하다. 그러나 모둠 수업을 설계하고 진행하는 과정에서 교사들은 수많은 난관에 부딪힌다. 나의 모둠 수업 과정에서 있었던 실패와 성장의 사례를 이야기해보고자 한다.

📓 모둠 수업, 너희들만 싫어하니? 나도 하기 싫어!

아이들을 마주할 때면 나의 부족함을 느낄 때가 있다. 특히 수업이 그랬다. 수업에서 부족함을 느끼면 느낄수록, 더욱 열심히 수업 관련 연수를 뒤져보며 집합 연수를 찾아다니기 시작했다. 주말을 포기해가며, 집합 연수를 선택한 까닭은, 온라인 연수를 통해 이론적으로 이해하는 것보다, 선생님들과 함께 모둠을 직접 구성하여 활동하는 것이 좋기 때문이다. 실제로 임해보면 어느 부분에서 흥미를 느끼는지, 어떻게 하면 아이들이 배움을 얻고 성장할 수 있는지 즉각적으로 이해할 수 있었다. 연수가 끝나고 나면 '이건 목표도 뚜렷하고, 정말 재미있고 유익했어! 꼭 우리 아이들과 활동해봐야지'라는 생각이 들었고, 기대에 부풀어 수업에 적용하여 구상했다.

'내가 알게 된 것을 아이들도 알게 되었으면! 내가 느낀 기분을 아이들도 느꼈으면!'

그런데 기대가 크면 실망도 크다고 했던가. 막상 교실에 들어가서 수업을 시작해보면, 기대와 달리 실망하는 경우가 적지 않다. 모둠에 임하는 아이들의 태도 때문이다. 수업 구상에 의하면, 모둠 활동이 절정에 달해서 서로 탐구하는 소리가 들려와야 하는 때인데도 불구하고, 수업과 관련 없는 내용으로 끝없이 서로 재잘댄다. 어떤 모둠은 서로 사이가 좋지 않다며 협동을 전혀 하지 않고 있고, 심할 때는 다투는 목소리가 날카롭게 들려오기도 한다. 멍하니 아무런 반응도 보이지 않거나, 아예 한 모둠 전체가 엎드려 꿀잠을 자기도 한다. 자는 아이를 깨우고, 떠드는 아이들을 조용히 시키고, 싸우는 학생을 지도하다 보면, 한 시간이 훌쩍 지나간다. 각 모둠에서 아이들이 무엇을 어떻게 탐구하고 있는지 자세히 살펴볼 겨를이 없다. 계획과 다르게 무너진 모둠 활동을 보면 속이 답답해지고, 씁쓸한 마음이 밀려왔다.

"앞으론 모둠 수업 안 할 거야!"

들고 갔던 수업 자료를 다시 챙겨 교무실로 돌아오는 길에 어깨는 한없이 처졌다. 모둠 수업을 포기하고 싶어졌다.

'분명 연수에서 선생님들이랑 할 때는 너무 재미있었고, 진행이 잘 되기만 했는데, 왜 이렇게 과정과 결과에 차이가 많이 날까?'

아무래도 자발적으로 긍정적인 기대를 가지고 연수에 참여하신 교사들과 학생을 동일한 선상에 두고 같은 과정과 결과를 원하고 비교하는 것 자체가 문제였다. 교실 속 모든 아이들이 자발성을 띠게 하기는 어렵다. 모둠 수업 안 할 거라며 협박하듯 외치고 나온 것이 미안해졌다.

'엎드려 자는 아이들 하나하나가 보물이야. 무엇이든 자신이 할 수 있는 분야가 있을 거야.'

고민을 거듭하던 중, 모둠을 만드는 과정이 문제였다는 결론에 이르렀다. 모둠 구성을 골고루 해야겠다는 생각을 하고, 방학 내내 B4 용지에 아이들의 능력을 테스트하는 서식을 만들었다. 이를 활용하여 학년 초 첫 만남의 시간부터 '모둠 구성을 위한 역량 테스트'를 치르도록 했다. 테스트 내용은 그래프 해석 능력, 텍스트 해석 능력, 이미지 표현능력, 작문 능력, 파워포인트 작성 능력, 그래프 표현 능력 등이 해당되었다. 결과지를 수거하여 채점하고, 각 모둠별로 다방면의 능력이 출중한 학생을 중심에 두고, 나머지 학생들이 가진 여러 능력이 고루 분포되도록 의도적인 모둠 구성을 거쳤다. 그렇게 수업 들어가는 모든 반의 모둠을 심혈을 기울여 치밀하게 구성하였다. 그러나 일부 학생들은 불만을 가지고 모둠을 자신들이 원하는 대로 구성하는 기회를 달라고 했다. 이미 학기가 시작되어 애매하긴 했지만, 이의를 제기한 아이들이 있는 학급은 그 의사를 존중하여 정말 원하는 대로 선택권을 줬다. 그러나 한 달 만에 첫 모둠으로 원상 복귀되었다. 자율적으로 모둠을 구성하게 해달라고 했던 학생들이 백기를 들고 '저번에 선생님이 구성해주신 모둠이 더 좋아요.'라며 찾아왔기 때문이다. 일 년 동안 모둠 활동이 성공적으로 진행되었다. 주변 선생님들께도 이

방법이 참 좋다며 소개해드렸다. 그런데 선생님들께 이런 질문을 받게 되었다.

"선생님이 구상하신 모둠 활동은 협업입니까, 분업입니까?"

뜨끔한 순간이었다. 내가 생각했던 의도성을 가진 치밀한 모둠 구성은 분업이었다. 그림을 잘 그리는 학생을 각 모둠별로 배치한 숨은 의미를 읽어보면 결국 그림 그리는 아이는 그림을 그리라는 의미였던 것이다. 일 년이 지난 시점에서 나의 수업을 되돌아보니 모둠 활동의 형식을 띠지만 각자가 따로 활동한 경우가 있었고, 이를 모둠 활동이라 지칭하고 평가하기도 했다. 각 모둠별로 뛰어난 학생을 한 명 이상 두고서 분업을 시키면, 결과물은 항상 완성에 도달한다. 교사의 입장에서는 모든 모둠의 활동 결과물이 완성적이므로 성공적인 수업이라고 여긴다. 그러나 아이들이 협업의 과정을 거쳐 배움과 성장이 일어났다고 당당하게 말하기 어려웠다.

📖 나의 '속 빈 강정' 모둠 수업

초창기 모둠 수업을 위해 가장 먼저 준비한 것은 바로 다양한 도구이다. 사인펜 세트, 색연필 세트, 큰 도화지, 알록달록한 포스트잇, 주사위, 스톱워치, 모둠 바구니 등 다양한 준비물을 야심 차게 준비했다. 아이들이 지루해한다 싶을 즈음이면, 교과서를 뒤적이며 모둠 수업으로 어떤 부분을 어떻게 진행하면 좋을지 고민했다. '아이들도 색다른 수업을 흥미롭게 받아들일 거야.'라는 기대를 품고, 시간만 나면 매번 거대한 준비물 바구니를 들고 교실 앞으로 성큼성큼 걸어갔다.

"짜잔"

"우와!"

아이들은 기다렸다는 듯이 선생님의 수업에 대한 색다른 시도를 흥미롭게 받아들였다. 강의식 수업이 지루할 때 즈음이면 선생님은 마치 '도라에몽'이 되어 재미있는 도구들을 준비해왔기 때문이다. 수업에 들어가면 아이들은 '오늘은 뭐해요? 뭐 들고 오셨어요?'라며 한껏 기대했다. 활동 결과물을 만들기 위해 색연필과 사인펜을 모둠별로 나눠주고, 알록달록하게 글을 쓰고, 그림도 그리고 색칠까지 하도록 했다. 주사위도 굴리고 말을 움직여가며 모두가 함께 즐기고 있었다. 누가 보기에도 내 수업 과정은 활발했다. 모든 아이들은 펜을 들고 자기 역할을 열심히 하고, 미소를 띠며 즐겁게 수업하는 것으로 보였다. 결과물도 그럴싸했다. 종이 학습지 한 장을 완성하는 것보다, 알록달록한 그림과 글씨가 가득한 결과물은 교무실에서 선생님들 사이에선 대단한 구경거리가 되었다.

그런데 이러한 수업도 한 해, 두 해가 지나갈수록 뭔가 마음에 들지 않았다.

첫 번째 이유는 수업결과물이 겉으로는 화려하나 내용이 부실한 경우가 많았다. 실패한 수업 사례를 들자면 '저출산·고령화'에 대한 수업이 있다. 수업 진행 방법은 이러했다. 먼저 간단한 강의식 수업을 진행하고 모둠 활동을 통해 문제의 현황, 원인, 해결방안을 생각한 후 제공된 모둠 활동지에 글로 작성한다. 수업 및 모둠 활동지 만들기까지는 일반적으로 예상한 수준으로 잘 진행된다. 그러나 마지막 과정인 해결방안을 효과적으로 알리기 위한 '타이포그래피' 만들기 단계에서 실패가 가장 많이 일어난다. '저출산·고령화 문제의 해결방안 홍보'를 목적으로 시작한 활동인데, 아이들은 단순하게 '많이 낳자'라는 문장을 선택하여 이를 매우 화려하게 꾸몄다. 이런 식의 결과물은 한 교실 안에서 8개의 모둠 중에서 1개 이상, 많으면 3개 모둠에서 나타났다. 가르쳤고, 배웠고, 재미있는 활동까지 했다. 그런데 아무런 성장이 없는 결과였다.

수업이 마음에 들지 않은 두 번째 이유는 배움 중심 수업의 중요성이 강조되면서부터, 아이들은 나의 수업이 아닌 다른 수업에서도 '도라에몽 수업 바구니'를 쉽게 만날 수 있게 된 것이다. 많은 선생님들이 활동을 통한 모둠 수업을 진행하다 보니, 아이들은 더 이상 나의 수업을 예전만큼 기대하지 않았다. 그때 즈음부터 바구니를 들고 교실을 들어서면, 아이들은 '아, 또 모둠 수업이야?'라는 말과 함께 한숨을 쉬기 시작했다. 한숨이 많이 들려올수록 수업에 대한 자신감도 저하되었다.

모둠 수업의 방향을 잃어 방황하고 있던 때, 수업 관련 연수를 질리도록 많이 들었다. 숱한 연수들 가운데서 나의 모둠 수업 성찰을 이끈 한 문장이 있었다.

"선생님이 구상하신 모둠 활동은 수업입니까, 작업입니까?"

연수 강사로 오신 선생님께서는 위 질문을 듣고 성찰의 계기로 삼으셨다고 한다. 항상 그 질문을 떠올리며 수업의 중심을 다시 생각하게 되셨다고 했다.

또 한 번 뜨끔했다. 마치 내게 직접 묻는 것 같았다. 아이들에게 도화지를 주고 색연필과 사인펜으로 알록달록하게 완성하도록 했던 결과물의 목적은 아이들의 배움과 성장에 반드시 필요한 과정이 아닌 경우가 많았다. 수업을 재미있게 하고 싶긴 한데, 무엇을 어떻게 해야 할지 몰라 고민하다가 결국 모둠 수업의 '목표'보다 '방법'에 초점을 맞추었다. 그러다 보니 '속 빈

강정', '애피타이저 수업', '수업을 가장한 작업'이 되고 말았다. 배움과 성장 없이 주어진 작업을 단순하게 하는 아이들로 가득한 교실을 만들었다. 아이들은 수업이 끝나면 흥미는 있으나 무엇을 배웠는지, 어떤 점에서 성장이 일어났는지 모르고 있었다.

'나의 모둠 수업의 목표는 무엇인가? 아이들의 흥미를 끌어내어 한 시간 동안 엎드려 자지 않게 하는 것인가?'

'나의 모둠 수업은 아이들의 역량을 증진하고 있는가?"

'나는 모둠 수업을 통해 아이들이 무엇을 얻고, 어떤 성장이 일어나기를 원하는 걸까?'

내가 놓친 것들은 결국 기본적인 것들이었다. 가르치고 배워야 하는 중요한 핵심 내용, 성취기준과 그 속에 포함된 학습요소를 소홀하게 생각했다. 성취기준 분석을 통해 배울 가치가 있는 핵심 내용을 학습하고, 학습을 위한 비계와 자료를 제공하며, 이를 실제성을 고려하여 삶 속에 적용하고 활용하는 역량을 키우는 수업 설계에 많은 시간을 할애할 필요가 있다. 아이들이 성공적인 학습과 성장을 경험할 수 있도록 끊임없이 노력하는 것. 앞으로 내가 나아갈 길이다.

📔 혼자는 외로워

'수업에 대한 쓰라린 상처'는 아이들이 만들기도 하지만 선생님들이 만들기도 한다. 나의 주변에 힘을 빼앗아 가는 일부 선생님들은 부정적인 기운을 전하며 나의 수업을 평가하려 하고, 내가 진행하는 모둠 수업을 두고 유난을 떤다고 생각한다.

　"그런 수업은 도대체 왜 해요?"
　"애들 힘들게 왜 그래요?"

질문이 아닌, 비난이라는 느낌을 받고 나서는 더 이상 대답하고 싶지 않았다. 그러자 한 마디 더 이어진다.

　"그렇게 한다고 해서 누가 알아주는 사람 없어요."
　"결국 보여주기식 아닌가요?"

게다가 일부 선생님은 이를 넘어서 아이들에게 직접 나의 수업을 평가하기 위한 질문을 던지기도 하고, 부정적 대답이나 반응이 나오면 비아냥 대기도 한다.

　"사회샘 수업 좋니?"

"너희도 힘들지? 사회샘한테 이런 것 좀 하지 말라고 해. 수업 좀 적당히 하라고 해."

그런 일들이 발 없는 말을 타고 내게 전해져오면 '그러려니' 하며 웃음으로 받아들인다. 하지만, 이런저런 하루 일과에 치여 마음이 단단하지 않은 어느 날에는 되풀이되는 그 말들이 상처가 된다. 열심히 하면 보람이 생기는 것이 아니라 욕을 먹는다. 슬픔과 억울함에 눈물이 난다. 그렇다고 다른 사람들의 시기, 질투, 무시 등의 행위로 인해 나의 목표를 잃을 수는 없었다.

그 후로는 이러한 수업의 필요성을 부드럽게 설명해드리는 것과 상대방을 나의 편으로 만드는 방법을 말하는 연습을 했다. 그렇게 교사와 교사 간의 파트너십을 형성하려고 노력했다. 한참의 시간이 지난 지금 나는 세 개의 교사 동아리 대표로 활동하고 있다. 수업과 비교과 활동을 연결하는 방안에 대한 연구를 주로 한다. 실제로 활동이 활발한 경우도 있지만, 그렇지 못한 경우도 있다. 모든 교사 동아리가 우수한 성과물을 내는 것도 아니다. 하지만, 이러한 시도를 통해 학교 문화가 변화되기 시작한 것은 분명했다. 개별적인 활동을 하던 선생님들이 함께하는 것의 의미를 조금씩 알아가기 시작했다. 교사동아리를 중심으로 교과의 경계를 뛰어넘는 범교과 융합 수업,

다양한 창의적 체험 활동과 교내 대회로의 연장, 캠페인 활동 등을 점점 활발하게 펼쳐가고 있다.

　모둠 수업에 기대만큼 열심히 참여하지 않는 아이들을 원망하기에 앞서 나의 수업을 성찰하고, 속이 텅 빈 배움중심수업을 알알이 채울 수 있는 방법을 고민한 이유, 일부 선생님들의 시기, 질투, 무시에도 불구하고 동료 교사들과 함께 수업의 방향과 방법을 고민하려고 노력을 했던 이유는 결국 아이들을 민주시민으로 키워내야 한다는 나의 가치관과 목표를 지키고 싶었기 때문이다. 꼭 알아야 하는 핵심 개념을 바탕으로 역량을 키워 삶 속에서 적용하고 활용할 수 있도록 노력하는 길에서, 아이들은 민주 시민으로서의 효능감을 채우고 성장할 수 있다. 나의 수업에 대한 가치관과 목표를 지키기 위해 모둠 수업을 위한 고군분투는 앞으로도 계속될 것이다.

나는 교사이기에 실패한다

박희삼

📖 교사가 되어도 '교사'는 아니다

운전면허를 따고 제일 처음 깨달은 건 운전면허가 있어도 운전은 할 수 없단 사실이었다. 그것은 법적인 자격을 가졌다는 뜻일 뿐, 나 스스로 도로 위를 달릴 수 있다는 의미는 아니었다. 임용 시험을 합격하고 교사가 되었을 때도 그랬다. 발령을 받고 3월 2일부터 교사로 첫 출근을 하고 중학교 1학년 남학생들의 '담임'이 되었지만 난 아직 교사도 담임도 아니었다. 그것은 법적 자격일 뿐, 갑자기 고속도로에 들어선 초보운전자처럼 난 길을 잃고 허둥거렸다.

대학 때 배웠던 현대소설, 국어교육론, 교육심리 등은 그리 도움이 되지 못했다. 아이들과 즐겁게 국어 공부하는 것을 꿈꿨지만 그보다 내가 주로 해야 할 일들은 아이들 사이의 갈등을 조정하거나 생활태도를 바로 잡는 것들이었다. 그것조차 잘 되진 않았다. 열네 살 남학생들을 대하는 지혜로운 방법을 몰랐다. 주로 내가 학창 시절 경험했거나 주변 선배교사들의 어깨너머로 본 것을 흉내 내는 수준이었다. 우리 반의 문제 아이들에게 '엎드려뻗쳐'를 시켜야 한다고 아무도 내게 가르쳐 주지 않았지만 난 그렇게 했다. 처음으로 반 아이들에게 기합을 주었을 때, 내 말 한마디에 그대로 움직이는 아이들을 보며 서늘했던 마음이 아직도 생생하다. 누군가 내게 초능력 반지를 끼워 주고 갔는데 사용하는 방법을 몰라 이리저리 세상을 망가뜨리고 있는 것만 같았다.

🖼 주 하나를 더 하는 것

어느 선배 교사는 초반에 잡아야 한다는 얘기들을 해주었다. "한 달이 1년을 좌우한다.", "초장에 못 잡으면 1년이 고생이다." 시도는 해봤지만 엄함을 연기하기는 더 고역이었다. 오히려 아이들과 관계 맺기만 방해하는 것 같았다. 나에게 맞는 방법은 아니라는 생각이 들었다. 무엇보다 새로 만난 아이들을 알아가는 건 늘 좋았고 그들을 '잡을' 필요는 없었다. 문제는 그 좋았던 아이들이 변했다는 나의 생각과 담임 선생님이 변했다는 아이들의 생각과의 간극이었다. 거리두기를 잘해야 한다는 것을 경험으로 익혔지만 정작 거리를 어떻게 조율할지는 서툴렀다. 그렇게 첫 5년 정도는 학기 초 '우리 반 착하다'와 중후반 '우리 반 힘들다'의 반복이었던 것 같다. 특히 다른 선생님들의 "그 반은 좀……"으로 시작하는 말들에 많이 흔들렸다. 아이들의 잘못의 크기보다 더 크게 나무랐다. 아이들을 혼낸 후에는 담임으로서 부족하다는 자책감이 곧 밀려왔다.

학창 시절 딱히 상담을 받았던 기억이 없다. 대학에서 배운 교육심리는 너무 원론적인 얘기들이었다. 교사로서 준비되지 못했다는 생각은 나는 아직 교사가 아니라는 결론으로 이어졌다. 지금 생각해보면 어깨에 잔뜩 힘을 주고 센 척하며 '이래도 안 바뀔래' 했던 것 같다. 나의 '센 척'을 아이들은 아주 쉽게 간파했을 것이다. 결국 옆자리 선생님께 아이들이 도무지 변하지 않는다고 하소연을 했다. 그분은 어떻게 몇 달 만에 아이들을 바꾸려고 하느냐며 되물으셨다. 그 말이 마음에 박혔던 건 그때 난 정말 마음만 먹으면 아이들을 변화시킬 수 있는 사람을 교사라고 생각했기 때문이었다. 시원하진 않았지만 그제서야 내가 욕심을 부리고 있는 건지도 모르겠다는 생각을 했다. 나는 다른 선생님들이 올렸던 추들 옆에 또 하나의 추를 올릴 뿐이고 언젠가 어느 무게에 다다르면 저울은 결국 기운다는 것. 물론 그것은 내가 맡은 1년이 아닐 수도 있고 몇 년 후이거나 심지어 교사라는 추 때문이 아닐 수도 있다는 것이다.

첫 학교에서의 실패들을 통해 깨달은 또 한 가지는 나도 좋은 교사로 살기가 이리 힘든데 저 아이들도 좋은 학생 되기가 얼마나 어려울까 하는 생각이었다. 우리는 서로 애쓰고 있지만 그리 잘 되지 않는 것이다. 그러니 내가 격려받아야 하는 것처럼 저 아이들도 격려받아야 한다는 생각, 남중에서의 3년을 통해 얻은 작은 성찰이었다.

할수록 어렵다, 수업

학급 운영에서 죽을 쓰면서도 나의 자존감을 지켜주는 건 나름 수업이었다. '참사랑국어 카페'에서 빈칸 채우기 학습지를 내려 받아 재구성한 자료였지만 목이 아플 정도로 한바탕 설명하고 나면 뭔가 교사라는 뿌듯함이 느껴졌다. 자체 수업평가는 참교사 코스프레 같은 거였다. 자발적으로 학생들로부터 평가를 받는다는 어느 교사의 글을 읽고 나도 한번 해볼까 하는 마음이 들었다. 설문의 보기로 '교사로서 자질이 부족하다'를 넣은 건 다소 오만이었다. 순진하게도 의심 없이 모두 나를 국어 선생님으로 좋아하는 줄 알았다. 그게 아니란 걸 깨닫게 된 의미는 있었지만 열정만 컸던 젊은 교사에겐 충격이었다.

나의 열심과 상관없이 호와 불호는 늘 있는 것이지만 그땐 그
것도 몰랐다.

　내 수업에 대한 생각을 번쩍 깬 경험은 평소 닮고 싶던 국
어 선생님을 연수 강사로 만났을 때였다. 질의 시간, 공개수업
이 너무 부담스럽다 말씀드렸을 때 그 선생님은 이렇게 대답
하셨다.

　"그럼 일상의 수업은 부담스럽지 않습니까?"

　말문이 막혔고 숨고 싶을 만큼 부끄러웠다. 매일매일 그 일
상의 수업들에 대해 난 어떤 태도였는가가 뼈아픈 그 한 문장
으로 새겨졌다. 그 이후 수업을 준비할 때마다 나는 충분히 부
담스러워하고 있는가를 의식했다. 수업은 그 자체로 무엇보다
공적인 영역이고 교실은 나의 사적 공간이 아니다. 그것을 드
러내고 보여주든 그렇지 않든 고민 없이 그냥 흘러 가는 게 아
니란 것을 배웠다.

　이후 배움 중심 수업의 철학을 배우고, 수업을 보는 관점이
바뀌면서 내 수업을 먼저 열기 시작했다. 아무도 지원하지 않
는 3월 첫 공개수업을 먼저 신청했다. 부족했고 계획했던 대로
흘러가지 않을 때도 많았지만 성공이나 실패보다 중요한 건 왜
그렇게 수업을 디자인했는지, 계획대로 진행되지 못한 것은 어

떤 의미인지를 이제는 대답할 수 있다는 것이다. 무엇보다 수업은 함께 준비하는 것이라는 걸 배웠다. 동료 선생님들과 함께 발문의 뉘앙스를 다듬고 학습지를 고치는 경험은 매우 즐거웠다. 힘든 한 아이를 함께 걱정했던 것처럼 내 수업 한 시간을 위해 선생님들과 같이 둘러앉은 경험은 동료성이 무엇인지를 깊이 깨닫는 시간이었다. 함께 준비한 수업을 내가 대표로 시연하는 것뿐이라고 생각하니 부담도 줄었다.

수업을 많이 했다고 수업이 쉬워지는 것은 아니다. 아이들에게 즐겁고 의미 있게 수업을 디자인하고 적용하는 일은 여전히 어려울뿐더러 더욱 어렵다. 내가 수업을 자신했던 때는 오직 신규 교사 때였다. 수업을 제대로 하기가 참 어렵다는 것이 많은 수업을 통해 얻은 생각이다. 수업은 즐거운 일이지만 더 이상 자신하지는 않는다.

📔 교사가 할 수 없는 것들

교사로서 가장 크게 힘들었던 건 나의 한계를 명확히 확인한 때였다. 그 아이는 중1 때 담임으로 만났다. 잘하진 못했지만 축구를 좋아했다. 반장 후보로 나왔을 때 아이들이 웃었다. 엉뚱하고 유쾌한 아이였다. 집을 찾아가는 길은 멀었다. 할

아버지, 할머니를 만났고 집에서 은둔하고 있는 형은 목소리만 들었다. 버스는 자주 없었고 지각하지 않으려면 7시엔 나서야 했다. 가끔 늦었지만 그렇게 학교에 나오는 아이가 기특했다. 조손 가정 앞으로 어느 상조 회사에서 무료 장례권을 지원해 주었다. 꼭 잊지 말고 가지고 있으라며 서류를 쥐어 주었지만 그게 진짜 돕는 것인지 난 좀 부끄러웠다.

아이가 학교를 안 나온다고 들은 건 2학년을 올려 보내고 얼마 후였다. 친구들에게 묻고, 전화를 하고 다시 그 집을 찾았다. 할아버지와의 대화는 여전히 어려웠다. 형은 방에서 나오지 않았다. 아이를 만나 설득을 하고 다시 나오기로 약속을 했지만 번번이 약속은 지켜지지 않았다. 담임이 따로 있는데도 그렇게 애를 썼던 건 1학년 때 그 아이의 밝음을 나는 알고 있었기 때문이었다. 원래 그런 아이가 아니라는 것, 그런데 형처럼 완전히 세상과 끊어질까 그게 가장 무서웠다. 결국 아이의 유급이 결정되었을 때 난 큰 실의에 빠졌다. 교사의 노력에도 변하지 않는 상황들, 그것이 얼마나 많고 흔한지 잘 알면서도 그 한계를 다시 확인하는 것은 힘들었다.

최근 반에서 왕따 사건이 생겼다. 그 여학생은 원래 그룹에서 나와 마땅히 갈 곳을 찾지 못했다. 부모님, 상담 선생님과 협력했지만 딱히 상황을 바꾸긴 힘들었다. 쉬는 시간 혼자 있고 밥을 걸러도 매일 학교를 나오는 것이 고마웠다. 그 아이를 한번 웃게 만드는 것, 행복한 일 하나를 만드는 게 담임으로서 나의 존재 이유라고 생각했다. 거기까지였다. 누군가를 좋아하게 만드는 건 '지니'도 할 수 없는 일 아닌가. 아이는 피해자이면서 가해자였다. 반의 인정 많은 아이들에게 챙겨달라고 부탁을 했다. 매일을 함께 하면서도 상황은 별로 나아지지 않았다. 학년 말에 터진 그 문제는 결국 우리 반 안에서 해결되지 못했고 새 학년이 시작되고 반이 나뉘면서 자연스럽게 정리가 됐다. 그 아이의 힘듦에 비할 바 못 되겠지만 그때 난 매일매일 무력감을 느꼈다. 나의 최선이 최고의 선택이 아니었을 수도 있고 내가 아닌 다른 선생님이 담임이었다면 더 나았을지도 모른다. 아이의 삶을 책임질 수는 없지만 아이의 힘든 상황을 결국 바꾸지 못한 경험들은 내가 왜 교사인지를 고민하게 만들었다.

🪨 다시 실패하기 위해

신규 교사 땐 5년 차 선배교사를 보며 나도 저 때쯤엔 답을 가지고 있겠지 생각했다. 그러나 5년 차, 10년 차가 지나도 내 손에는 답이 없다. 초임 선생님께 내공 있는 척 '빛깔이 있는 학급운영'을 건네고 이런저런 조언들을 늘어놓지만 여전히 3월은 긴장되고 12월은 버겁다. 다만 다른 교사들의 지나가는 말들에 덜 흔들리고 아이들과 학부모의 뾰족한 말들에 덜 상처받는 것, 그리고 수업에 대해 동료 선생님과 더 많이 얘기하게 된 것 정도가 나의 내공이다.

한편, 내공은 자라지 않고 익숙함만 늘고 있다는 생각이 든다. 그 아이만 전학 가면 딱 좋겠다는 얘기를 다른 선생님들과 웃으며 나눌 때, 경력이 쌓인 만큼 무감함도 두터워진 것 같아 순간 스스로에게 놀랐다. 왜 예전만큼 안타깝지 않을까. 교사가 되어간다는 것이 안일한 노련함이 늘어가는 것이라면 나는 아직 실패가 절실히 필요한 것이 아닐까.

교사 15년 차, '선생님'이라는 이름은 여전히 부담스럽고 아직도 '아이들'은 어렵다. 무엇 하나 맘먹은 대로 되지 않는 갑갑함과 그래도 가르쳐야 한다는 당위 사이에서 이리저리 바둥거리고 있다. 이런 긴장이 싫고도 다행스럽다. 분명한 건 수많은 실패들과 겸손해질 수밖에 없는 상황들 속에서, 그나마 난 조금씩 성장했다는 사실이다. 내가 날마다 실패하는 건 날마다 교사로 살고 싶기 때문이다. 아직 난 실패하지 않을 수 없다.

실패와 도전으로
나만의 수업 철학을 향해 나아가다

최은길

📖 실패하는 수업은 성공하는 수업으로 가는 출발점이다

　경력 15년의 초등교사. 처음 교단에 섰을 그때와는 다른 열정과 약간의 두려움을 가진 교사로서의 삶을 살아가고 있는 중견 교사이다. 오늘도 '어제와는 다른 오늘'을 기대하며 교실에 들어선다. "선생님, 다음 수업이 너무 기다려져요."라는 아이들의 말과 함께 빙그레 웃으며 책을 덮는 나의 모습을 기대하면서 말이다.

　교사가 천직이라고 생각했던 때가 있었다. 교육 실습을 나가 아이들 앞에 처음 서서 수업하던 날의 그 설렘과 짜릿함은 꼭 좋은 교사가 되고 싶다는, 교사가 되면 정말 재미있을 것 같다는 생각을 하게 만들었다. 그렇게 시작한 교직 생활의 시간이 흘러갈수록 수업이라는 것이 마냥 쉽지만은 않다는 생각이 점

점 늘어갔다. 늘 수업에 관심을 가지고 고민하는 나에게 다수
의 교육이론서와 수업 도서들은 위로와 격려, 반성의 시간을
가지게 했다. 하지만 그런 반성의 시간에도 불구하고 여전히
나의 수업은 "망했어" 하는 자책의 날이 대부분이다.

발령을 받은 신규 교사 시절, 10년 이상의 경력을 가진 선배
교사들을 바라보며 '나도 저 정도의 경력이 되면 노련하게 수
업을 잘하는 멋진 교사가 되겠지'라는 생각을 해 왔다. 하지만
해가 지나 경력이 쌓여도, 여기저기서 하는 연수를 들어도 생
각만큼 쉽게 나의 수업이 바뀌는 것 같지 않았다. '아직 배움의
깊이가 얕아서 그렇겠지'라는 생각을 함과 더불어 점점 '이 길
이 나의 길이 맞나'라는 의심이 들기 시작했다. 그때 정말 내가
원하는 교실과 수업의 모습이 어떤 것인가를 돌아보게 되었고
수업에서의 교사의 역할에 대해 다시금 생각해 보면서 망하는
수업이 아닌 '아이들과 함께 하는' 성공하는 수업으로 가는 기
본적이지만 중요한 것들을 찾아보게 되었다.

📖 교사도 서른 명 학생 중의 한 명이 되다

아이들이 좋아하는 체육 수업, 하지만 아이들도 두려워하는
활동이 있다. 매트에서의 앞구르기와 뒤구르기. 아이들은 안전

에 대한 두려움과 낯선 동작들로 인해 선뜻 수업에 다가오지 못한다. 사실 교사인 나도 수업 시간마다 체육 창고에서 무거운 매트를 꺼내고 넣는 것을 반복해야 하는 번거로움과 매트 동작을 할 때 다치는 아이들이 많다는 것을 이유로 제대로 된 매트 수업을 해 본 적이 없었다. 그리고 또 하나의 이유는 나 자신이 앞구르기, 뒤구르기 하는 것을 두려워했다는 것이다. 그래서 한편으로는 더 도전해보고 싶은 수업이었다.

아이들이 다른 활동처럼 매트 수업을 재미있게 배웠으면 좋겠다는 생각에 '매트체조선수권대회' 프로젝트를 진행하게 되었다. 수업 한 시간, 40분이라는 시간은 서른 명쯤 되는 아이들과 함께 매트의 기본 동작을 알아보고 한 명씩 연습하는 데에 너무나 짧은 시간이었다. 예전이었더라면 형식상 매트 동작을 한 번씩 해보고 마무리했을 수업이었지만 아이들에게 매트 수업의 재미를 느낄 수 있게 해 주고 싶었기에 충분한 연습 시간 확보를 위한 디딤 영상을 제작하였다. 유연성과 평형성 등 기초 체력 기르기, 앞구르기, 뒤구르기 등에 대한 설명과 시범 동작들이 담긴 디딤 영상으로 아이들이 더 주도적으로 프로젝트에 참여하였고 수업에 대한 흥미는 높아졌다. 하지만 매트체조선수권대회 프로젝트를 성공적으로 마무리하기까지 그 과정이 순조롭지만은 않았다.

프로젝트를 시작하기 전에 실시했던 설문 결과에서 아이들은 매트에서 놀아본 경험은 많았지만 매트 동작에 두려움을 많이 느끼고 있었다. 이는 첫 반의 앞구르기 수업에서 여실히 드러났다. 팔을 앞으로 펴고 앉은 상태에서 다리를 힘차게 뻗어 앞으로 밀어줘야 했지만 두려움에 쉽게 발을 떼지 못하는 아이들이 많았다. 친구들과 교사의 도움으로 앞구르기를 하는 아이들도 있었지만 여러 번 반복하는 것을 어려워하며 그 두려움을 쉽게 떨쳐버리지는 못했다. 그래서 동료 교사와 경사 매트를 만들기로 하였다. 구르기가 잘 안되는 아이들은 경사 매트에서 구르기를 하고 자신감이 생겼을 때 매트에서 구를 수 있도록 안내하였는데 아이들은 경사 매트에 폭발적인 반응을 보였고 그만큼 앞구르기를 할 수 있는 아이들도 늘어났다.

그렇게 아이들이 구르며 즐거워하는 모습만 바라보다 프로젝트도 마무리 단계에 다다랐다. 매트체조선수권대회를 하기 전에 모둠별로 매트 체조를 구성하는 수업에서 아이들이 만들고 있는 동작들은 누구나 쉽게 할 수 있는 매트 위 균형 잡기의 다양한 동작들이 대부분이었다. 그동안 열심히 연습했던 앞구르기, 뒤구르기 등의 동작은 두세 동작뿐이었다. 몇몇 모둠에게 그렇게 구성한 이유를 물었더니 구르기나 옆돌기는 자신 있게 할 수 없어서 잘 할 수 있는 아이들만 그 동작을 하기로 했다는 것이었다. 그동안 더 세심하게 아이들의 활동을 챙기지 못했던 나의 모습이 떠올랐다. 디딤 영상을 제작하고 수업 시간에 아이들이 스스로 잘 배울 수 있는 환경을 제공해 주었다는 것에 만족감을 느끼며 진행해 왔던 프로젝트 수업. 모둠 결과물을 보니 내가 수업 시간에 아이들의 활동 속으로 깊이 들어가지 못했다는 것을 뒤늦게 깨달았다. 아이들의 활동 모습만 전체적으로 바라보며 흐뭇해하고 있었을 시간에 몇몇 아이들은 배움이 아닌 단순 놀이로 시간을 보내고 있었던 것이다. 그래, 교사도 아이들과 함께 배워야 한다. 이후에 우리는 매트 동작 연습 시간을 좀 더 가지기로 했다. 아이들 속으로 들어가 함께 연습하다 보니 누가 어떤 부분에서 어떤 어려움을 느끼는지가 제대로 보였다. 여러 아이들의 모습에서 다음에는 어떤 방법으로 활동을 안내하면 조금 더 쉽게 배울 수 있을지 알게 되었고 성공한 동작이더라도 보완할 점을 구체적으로 알려주어 충분한 연습을 통해 아이들이 더욱 자신감을 가지도록 할 수 있었다.

매시간 먼 발치에서 아이들의 활동을 지켜보며 얻었던 만족감은 아이들의 배움에 대한 만족감이 아닌 교사의 가르침에 대한 만족감이었다. 학습의 과정에서 더 가까이 다가가 함께 했더라면 아이들의 배움이 더 커졌을 것이라는 아쉬움이 느껴졌다. 함께 하는 순간은 누가 누구를 가르치고 배우는지가 중요한 것이 아니라 함께 배우고 성장하는 것이 중요하다. 교사가 교실에서 서른 명 학생 중의 한 명으로 임할 때 아이들은 진정한 배움의 즐거움을 알아가고 교사는 수업에 대한 자신감에 한 발 더 다가가리라 생각한다.

📖 교사로서의 역할, 제자리를 찾아가다

따뜻한 카리스마, 어느 해부터인가 수업 모임에서 늘 사용했던 나의 별칭이다. 교실에서 따뜻한 카리스마를 가지고 싶다며 나의 별칭을 소개하였다. 지금 생각해 보면 아이들을 따뜻하게 감싸는 좋은 교사로 보이면서 교실을 장악하고 싶다는 생각이 담긴 별칭이었다.

따뜻한 카리스마라는 별칭에서 알 수 있듯이 교사에게 카리스마는 필수라고 생각했던 적이 있었다. 그렇게 교실의 중심을 잡고 있던 카리스마는 어느덧 나의 교실에 하나의 큰 틀을 만들고 있었다. 수업 시작종이 울리면 교과서와 필기구를 책상 위에 가지런히 올려놓고 바른 자세로 앉아 오늘 배울 부분을 읽는다. 교사의 설명을 열심히 듣고 책에 나오는 질문에 답을 쓰고 발표를 통해 답을 확인한다. 중요한 것들은 열심히 외우고 시험을 통해 자신의 실력을 확인한다. 모둠 활동을 할 때는 교실이 소란스러워지지 않도록 소곤소곤, 아주 낮은 목소리로 활동한다. 이렇게 하는 게 수업을 잘하는 교사, 학급 경영을 잘하는 교사라고 생각했었고 선배 교사의 칭찬에 으쓱해지기도 하였다. 이러한 교사와 함께한 교실에서 아이들은 과연 무엇을 배웠을까 생각하면 부끄러움이 밀려든다. 물론 수업 시 지켜야 할 기본예절 정도는 알게 되지 않았을까 하고 핑계를 대어 보지만, 하고 싶었던 많은 이야기를 내가 막은 건 아니었나 하는 생각에 그 시절 만났던 아이들에게 미안해진다.

　이런 부끄러운 나의 모습은 많은 수업 친구들과의 만남과 배움을 통해 조금씩 벗어날 수 있었다. 점차 따뜻한 카리스마를 벗고 교실에서 교사인 내가 아니라 아이들을 중심에 두려고 했다. 나의 설명보다는 아이들의 배움 활동 시간을 많이 주려고 하고 아이들이 더 많이 말할 수 있는 기회도 주며 자유로운 활동 속에서 주어진 문제의 해결방법을 스스로 찾고 깨달을 수 있도록 했다. 하지만 이도 아이들만을 중심에 두어야한다는 잘못된 생각으로 나의 수업은 이전과는 또 다른 모습의 실패를 낳았다. 수업의 배움 목표와 하위 주제들만 알려주고 컴퓨터나 다양한 도서 자료 등을 활용하여 모둠 친구들과 협력해서 결과를 정리할 수 있도록 수업을 진행했다. 내가 하는 설명과 교과서 자료만으로는 알 수 없는 자신들의 관심사에 따른 다양한 내용을 찾으며 자신들의 삶과 연결 지을 수 있기를 바라는 마음이었지만 배움 결과물을 발표하는 순간이 다가올 때면 그 많은 시간 동안 아이들은 무엇을 찾고, 보고 있었던 걸까 하는 마음이 들었다. 주어진 문제에 대한 답을 찾지 못했다면 틈틈이 나에게 지원 요청이라도 해야 했는데 아이들은 한 시간 동안 무엇을 했던 것일까 하는 마음에 나의 속상함은 아이들에게 잔소리로 퍼져 나갔다. 처음 몇 번은 아이들의 이해력과 검색 능력을 탓하기도 하고 때로는 게으름을 탓하기도 했지만 아이들이 아닌 나의 잘못이라는 것을 곧 알 수 있었다. 아이들이 활동을 시작하기 전에 교사의 보다 자세한 안내가 있어야 했었다는 것을 말이다. 검색 엔진을 사용하는 방법에 대해서, 때로는 결론 도출을 위한 세분화된 질문들이 아이들에게는 필요했을 것이다. 아이들에 대한 정확한 이해 없이 '당연히 알겠지'라는 생각에서 놓쳐버렸던 세세한 안내들과 질문들이 오고 갔더라면 아이들은 주어진 시간에 더 깊이 있는 배움으로 갈 수 있었을지도 모르겠다. 그동안 수업이 시작되기 전에 아이들이 잘 배울 수 있도록 수업 디자인만 잘하려고 했지 수업 중에는 학생중심수업이라는 것을 핑계로 교사인 나의 역할을 너무 소홀히 했다. 분명 수업이라는 무대의 주연은 아이들이어야 하겠지만 교사도 무대 위 조연으로서 주연을 뒷받침해 주지 않는다면 그 무대는 망한다. 매시간 달라지는 무대에서 교사는 아이들이 수업의 주연으로서 보다 적극적인 태도로 임하고 배움으로 빛날 수 있도록 어떤 지원을 해야 할 것인지에 대한 고민을 할 때에 성공적인 무대의 막이 내려질 것이다. 이러한 나의 역할은 교실에서 아이들과 함께 교사로서 매번 새로운 꿈을 꾸게 하고 그 꿈을 향해 나아갈 수 있게 하는 원동력이 되리라 생각한다.

📖 꼼꼼한 성찰의 시간이 필요하다

매 학기 한 번 이상은 프로젝트 수업을 진행해 왔다. 교실과 교과서 내에서의 배움으로 끝나지 않고 아이들의 배움이 자신의 삶과 연결될 수 있기를 바라는 마음에서 열심히 준비했다. 수업에서 매우 중요한 성취기준을 중심으로 프로젝트 주제를 정하고 주제 관련 도서와 인터넷 검색을 통해 전체 수업 흐름을 찬찬히 계획했다. 프로젝트 학습 계획이 나오기까지 긴 고뇌의 시간을 보냈다. 동료 교사나 멘토 교사의 조언을 구하면서 말이다. 철저히 준비된 이 계획서만으로 이미 나의 수업은 성공인 듯 뿌듯함을 느꼈다. '이 정도로 치밀하게 준비했는데 당연히 아이들이 재미있어하며 열심히 참여하겠지'라는 게 당시 나의 솔직한 마음이었다. 하지만 준비된 계획서대로 수업을 시작하는 순간, '아이들의 반응이 왜 이렇지?' 하는 마음이 들 때가 많았다. 물론 시작할 때의 반응과는 달리 프로젝트를 진행하는 동안 아이들은 아주 흥미롭고 진지하게 참여할 때도 있었다. 하지만 또 다른 프로젝트에서도 실패라고 느껴지는 순간은 찾아왔다. 그러던 어느 날 프로젝트 마무리 단계에서 나는 프로젝트 수업이 망했다고 생각한 이유를 알 수 있었다. 그동안 치밀하게 준비했던 프로젝트 계획만큼 꼼꼼한 성찰의 시간을 가지지 못했던 것이다. 그날은 아이들이 개별 성찰 일기를 작성한 후에 모둠 친구들과 돌려 읽고 소감 나누기를 하였다. 평소에 친구들에게도 인정받고 있었던 우리 반 모범생 아이의 소감이 그 계기였다.

> "저는 프로젝트를 할 동안 제가 모둠 친구들을 잘 이끌어가며 프로젝트 수업을 성공적으로 마무리했다고 생각했어요. 그런데 오늘 친구들의 성찰 일기를 읽고 나니 제가 잘못 생각하고 있었다는 것을 알았어요. 친구들은 제가 자신들의 이야기는 잘 듣지 않고 혼자 결정하며 프로젝트를 진행했다고 말했어요. 제가 친구들의 성찰 일기를 읽지 않으면 저는 몰랐을 거예요. 모둠을 잘 이끌어나간다고 생각하며 다음에도 그렇게 했을 거예요. 친구들에게 미안하고 앞으로는 친구들의 의견도 물어보며 해야겠어요."

평소에 친구들에게도 인기가 많았던 모범생 아이였기에 친구들의 이야기가 충격으로 다가갔을 수도 있었지만 그 속에서 자신이 고쳐나가야 할 점을 정확하게 파악한 아이가 대견스러웠다. 그리고 프로젝트 마무리 후에 아이들의 성찰 일기를 훑어보며 아이들의 성장과 보충할 부분만을 찾고 있었던 나의 모습이 오버랩되며 부끄러움이 밀려왔다. 물론 그런 아이들의 성장에서 내 수업을 성찰할 수도 있었지만, 그 많은 아이들의 성찰 일기 속에서 아이들이 말하고 있었던 내 수업을 제대로 바라보지 못하고 나조차도 나의 수업을 충분히 성찰하지 않았던 것에 대한 부끄러움이었다. 많은 고민을 통해 만든 프로젝트 계획서만큼 꼼꼼한 성찰의 시간이 있었고 아이들의 성찰 일기에서의 피드백을 충실히 받아들였다면 수업, 아이들에 대해 보다 잘 이해함으로써 더 깊이 있는 배움의 시간을 만들어나가지 않았을까 하는 후회가 들었다.

🔥 실패를 두려워하지 않고 도전을 지속하다

15년 동안의 수많은 실패와 도전으로 알게 된 수업의 의미. 사실 '오늘 수업은 망했어'라는 것을 느끼는 데에도 참 오래 걸렸다. 그전에는 수업은 아이들이 나의 설명을 조용히 잘 들으면 된다고 생각했기 때문에 수업이 잘 되었다, 아이들이 잘 배웠다는 것을 생각하고 느끼는 데에 관심이 없었다. 시험의 결과에 따라 아이들이 내 수업을 잘 들었구나 하고 생각했다. 이런 틀에 갇힌 내 수업과 교실을 변화시켜야겠다고 생각한 후에야 비로소 찾게 된 성공하는 수업으로 가는 길. 학생중심수업, 배움중심수업으로 디자인한 수업계획서만 믿고 들어간 교실에서 나는 아이들이 제대로 배울 수 있도록 도와주지 못했다. 아이들이 배움에 있어 머뭇거렸던 곳이 어디인지 정확히 알만큼의 심리적, 시간적 여유를 가지지 못했다는 것을 뒤늦게 알았다. 그 후 아이들과 함께 배우며 아이들과의 적극적인 소통으로 배움의 즐거움을 아는 교실로 조금씩 나아가고 있는 듯하다. 예전엔 쉬는 시간이 되면 친구들끼리 놀았을 아이들이 나에게 다가와 수업에 관한 이야기로 말을 걸어오기도 했고 나와의 수업이 아이들의 관심사가 되고 있는 것 같아 쓱 웃음 짓는 날들이 많아졌다. 이러한 변화 속에 아이들과 수업을 바라보는 나만의 철학이 만들어지고 있었다. 단단하게 완성된 나만의 수업 철학을 가지고 수업을 행하는 것이 언제가 될지 아직알 수 없다. 실패를 두려워하지 않고 꾸준히 쌓아가야 할 시간이 나에게는 더 필요함을 알고 있다. 성공하는 수업으로 나아가는 과정에서 아이들이 배움 자체가 삶으로 연결되는 기쁨을 알게 되고, 나도 그 과정을 함께 하며 나만의 수업 철학을 완성하기 위해 꾸준히 나아가고자 한다.

거꾸로 수업이 내 의도와는
거꾸로 흘러간 이유

정지윤

📖 수업에서의 실패란?

　수업의 실패란 어떤 것일까? 수업을 구상하고 진행하는 교사 본인이 만족스럽지 못해서 실패한 수업이 있을 수 있고, 교사는 만족했는데 학생들이 만족하지 못해서 실패한 수업이 있을 수도 있다. 아니면 교사나 학생 둘 다 만족했지만 교육과정에 부합하지 못하여 실패한 수업이 있을 수도 있고, 당시에는 괜찮다고 생각했지만 한참 뒤에 생각해 보니 실패한 수업도 있을 수 있을 것 같다. 최악의 경우, 교사도 학생도 교육과정도 어느 하나도 만족하지 못한 수업도 있을 수 있다. 만족한다는 것의 구체적 개념까지 들어가면 교사의 자존감과 관련되어 정말 끝도 없는 논의가 이어질 것 같으니 여기서는 이만 생략하는 것이 좋겠다.

9년 차 교사로서 나는 위에 언급한 모든 실패를 다 경험해 본 것 같다. 그 수많은 사례들 중에서 어떤 것을 가장 대표적인 사례로 삼아야 할지 매우 고민하였고, 결국 선택한 것은 '거꾸로 수업이 의도와는 거꾸로 흘러간 이유'이다. 실패라는 것은 누구에게나 떠올리기 싫은 고난의 순간이고, 나 역시 그 보편성에서 크게 벗어나지 않기 때문에 지금 이 순간이 썩 유쾌하지는 않다. 그래도 나의 이불 하이킥을 유발하는 그 실패가 누군가에게는 용기의 원천이 될 수도 있을 것이라는 의미 하나에 기대어 기억을 더듬어 본다.

📖 거꾸로 수업을 시작하다

나는 도덕교사지만 역사교사이다. 도덕이 주 전공이고, 역사가 복수 전공이다. 그래서 어떤 해에는 도덕 수업을 하고, 어떤 해에는 역사 수업을 한다.

2015년의 일인 것 같다. 그전에 도덕 수업을 할 때에도 그렇게 개운하지는 않았던 수업의 방법에 대한 고민은 역사 수업을 하면서 절정에 다다랐다. 도덕은 인지적 요소가 강하지 않았고, 따라서 강의에 그렇게까지 힘을 들이지 않아도 되었기 때문에 그나마 할 만했다. 하지만 역사는 도덕과 완전히 다르게 학생들에게 전달해야 할 '내용'이 너무 많았다. 내가 아무리 재미있게 강의를 하려고 노력해도 자는 학생이 있었고, 안 듣는 학생들이 있었으며, 그에 따라 내 곱지 못한 성질머리는 항상 불쑥 솟아올라 나와 학생들을 괴롭혔다. 그런 수업이 반복될수록 커져 가는 생각은 '이게 아닌데'. 그런데 문제는, 이게 아닌 건 알겠는데, 도대체 뭐가 맞는 것인지를 모르겠다는 것이었다. 그 딜레마 속에서 나 홀로 허우적대고 있을 때 우리 학교에서 나와 같이 역사수업을 하던 선생님께서 거꾸로 수업을 소개해 주셨다. "같이 해볼래?", "네!" 우리의 거꾸로 수업 팀은 이렇게 형성되었다.

거꾸로 수업의 실패

아는 사람은 다 알겠지만, 거꾸로 수업이란 교실에서 강의를 몰아내고 학생 중심의 활동들로 이루어지는 수업이다. 강의가 필요한 부분은 별도로 동영상을 만들어서 학생들이 그 영상을 보고 미리 예습해 오게 하고, 수업은 그 내용과 관련된 활동들로 채워가는 것이다. 그래서 두 가지 역할이 필수적으로 필요한데, 영상을 촬영하는 역할과 수업을 어떻게 꾸려나갈지 구상하는 역할이다. 타고나기를 얌전하고 순종적이기만 했던 나는 수업 구상이 너무 힘들었고, 나와 같이 2학년 역사 수업을 했던 S 선생님은 창의력이 톡톡 튀는 분이셨다. 그래서 내가 영상 촬영 역할을 맡고 S 선생님이 수업 구상 역할을 맡았다.

1주일에 한 번 정도, 주말에 남편에게 소리 금지령을 내리고 컴퓨터방에 은둔했다. 교과서 캡처본에 줄을 긋고, 별표를 치고, 필기할 부분을 써넣었다. 그리고 동영상 촬영 프로그램을 켜고 촬영을 시작했다. 중간에 말이 꼬여서 버벅대다가 처음부터 다시 하기 일쑤였다. 우여곡절 끝에 첫 영상을 완성했을 때, 내가 만들었지만 그 영상이 너무 신기해서 막 돌려 봤던 기억이 난다. 일평생 그 흔한 UCC도 찍어본 적이 없는 난데, 기계와는 무한에 수렴할 정도로 친하지 않은 내가 뭔가 영상을 만들어 낸 것 자체가 너무 신기했다. 그리고 대견했다. 뭔가 일반적이지 않은 대단한 일을 한 것 같았다. 약간의 우월감? 만족감? 지금 생각해보면 부끄러워서 동굴 속으로 숨어들어 가고 싶은 그 감정에 젖어 내가 더 나가야 할 길이 무엇인지 보지 못했던 것 같다.

야심 차게 네이X 카페를 개설하고 영상을 게시했다. 학생들에게 지금까지 했던 수업은 잊으라고 큰소리쳤다. 학생들을 카페에 가입하게 하고, 수업 전에 영상을 보고 오라고 지시했다. 사실 수업 영상 시청률이 매우 낮다는 이야기를 들었는데, 우리 학생들은 안 그럴 거라는 정체불명의 이상한 확신도 있었다. 그 확신인지 기대인지의 허무한 실체를 확인하기까지 그리 오래 걸리지 않았다.

첫 영상은 학생들도 신기한지 절반 정도가 보고 왔던데, 그 다음 영상부터 시청률은 처참하게 떨어지기 시작했고, 대여섯 번째 영상부터는 한 반에 2명, 많으면 7~8명 정도가 보고 오는 것이 다였다. 나중에는 영상 시청을 안 해올 거라는 가정을 하고 수업을 구상하는 지경이 되었다.

그렇다고 영상 외의 실제 수업은 잘 돌아갔느냐? 그것도 아니었다. 가장 큰 난관은 학생들이 '안 하려고' 하는 것이었다. 그랬다. 할 의욕 자체가 없었다! 게임을 시키면 경쟁심에 불타올라 잠시 열정을 보여줄 뿐, 그 외의 읽고 쓰고 생각하고 토론하고 하는 각종 활동에 전혀 관심이 없었다. 생각을 적어 내라고 했더니 '잘 모르겠다'라고 적고, 비주얼싱킹을 시켰더니 친구 것을 베끼고 노는 아이들이 대다수였다. 우리 학교는 남녀공학이지만 성별이 나누어져서 반이 형성되어 있고, 당시 나는 남학생반 수업에 들어가고 있었는데, 남학생들의 의욕 없음은 정말 상상 이상의 심각한 수준이었다.

지금은 그 아이들이 왜 그랬는지 알고, 그 상황에서 내가 무엇을 해야 하는지 완벽히는 아니지만 어느 정도 방향성을 잡을 수 있을 것 같다. 그렇지만 그때의 나는 너무나 미숙했다. 그 아이들의 의욕 없음이 내 탓일 거라고는 전혀 생각하지 못했다. 그래서 아이들에게 책임을 돌리며 화를 냈다. 야단을 치고 잔소리를 했다. 그럴수록 아이들은 자기 주도적 활동에서 점점 더 멀어져 갔다. 그렇게 나의 첫 거꾸로 수업 도전은 처참하게 실패로 끝나고 말았다.

📓 수업 실패의 극복은 교사의 성장이다

그 당시에는 실패의 원인을 찾을 생각도 하지 못했다. 그저 내 실패가 너무 버겁고 슬펐다. 그러나 지금은 그 원인을 안다. 지금 생각해보면 한눈에 보이는 너무나도 뚜렷한 원인이 있었다. 목적의 부재, 더 근본적으로 수업 철학의 부재가 그것이다.

나는 거꾸로 수업이든 강의식 수업이든, 수업을 시작하기 전에 나에게 스스로 해보았어야 하는 질문을 전혀 생각도 못 하고 있었다. 그것은 '나는 왜 교사가 되었는가?' 내지는 '내 수업의 목표는 무엇인가?'. 어릴 때부터 부모님의 '너는 교사가 되어야 해.'라는 말을 듣고 자랐고, 그 명제를 의심해 본 적도 없었으며, 지금도 이어지고 있는 임용 지옥의 최절정을 겪으면서 너무나도 힘겹게 교사가 되어서인지 교사의 진정한 역할에 대해서는 깡그리 잊고 있었던 것이다. 어떻게 교사가 될 것인지만 생각하고, 교사가 된 이후에 어떻게 해야 할지는 정말 추호도 고민해 본 적이 없었다.

그렇게 나는 무엇을 위한 수업인지도 알려주지 않은 채로 학생들을 생소한 수업의 형태로 내몰았다. 아니, 나부터가 그것이 무엇을 위한 수업인지 정확히 몰랐다. 나도 모르는 것을 알려줄 수는 없는 노릇이다. 그렇게 처음 접해보는 수업의 형태에 던져진 학생들에게 그 목표를 확실하게 알려주지 않고 수업을 진행하는 것은 폭풍우 몰아치는 바다에 억지로 배를 띄우게 해 놓고 어디로 가는지도 알려주지 않는 것과 비슷했던 것이다. 학생들은 어찌할 바를 모르고 그저 방황하고 우왕좌왕하고 있었고, 그것은 너무나 자연스러운 현상이었던 것이다.

그 혼란 속에서 2018년 교사성장학교에 입학원서를 내밀었다. 입학하고 나서 여러 선생님들께서 말씀하신 교사로서의 꿈, 이상, 그리고 철학 등의 이야기를 처음 들었다. 처음엔 다소 낯간지러웠으나, 그다음 단계는 희열이었다. 현실에 부딪히며 잊고 있었는데, 나는 원래 이상과 비전 같은 가치에 미친 듯이 가슴이 뛰는 그런 사람이었다!

처음 입학할 때 한 선생님께 거꾸로 수업의 실패를 이야기했을 때 그 선생님께서는 "그럼 거꾸로 수업 안 하면 되지."라고 대답하셨다. 나에게 있어 거꾸로 수업의 이상향 같은 분이 그렇게 말씀하시니 순간적으로 매우 혼돈이 왔다. 내가 세상의 변화와 그에 맞춘 학교 현장의 변화 노력에 대해 그렇게 민감하게 느끼지 못하고 있었던 그때, 뜻있는 많은 교사들은 그러한 변화를 반영하여 끊임없이 노력하고, 그리고 진화하고 있었던 것이다. 내 눈에는 거꾸로 수업에서 큰 효과를 보고 경지에 이른 것으로 보이던 선생님조차도 더 새롭고 더 나은 수업으로의 노력을 게을리하지 않는 분이시라는 것을 그때 처음 알았다. 그리고 그것이 교사로서 내가 가야 할 길이라는 것도.

그렇게 내가 기울인 첫 번째 노력은 '내가 교사로서 학생들에게 전달하고 싶은 핵심 가치'를 찾는 것이었다. 몇 년간 그렇게 수업에 대해 헤매던 과정 속에서도 내가 '이게 아닌데'를 놓지 못한 부분이 무엇인지를 생각해 보았다. 곰곰이 생각해보니 나는 늘 학생들이 의미 없이 교과서를 달달 외워서 서술형 답을 적는 모습이 못마땅했었다. 그 의미 없는 작업들에 의문을 가지지도 못하고 오로지 성적이라는 이름의 숫자만을 위해 기계처럼 수행하는 학생들이 안쓰럽기도 하였다. 그럼에도 불구하고 성적이 가지는 사회적 의미를 부정하지도 못한 채, 이러지도 저러지도 못하고 있었던 것이다.

문제가 확실해졌으니 이제 해결하면 된다. 학생들에게 끊임없이 이야기했다. "선생님은 여러분의 성적에 관심이 없고 성장에 관심이 많습니다." 또는 "너의 생각이 정답보다 중요하다." 내지는 "지금 네가 하고 있는 생각이 바로 정답이야." 등등. 세

뇌하듯이 틈날 때마다 던지는 그 말들과 함께 달달 외우지 않아도 되는 수업을 구상했다. 학생들은 일단 의심했다. 이런 수업이 무슨 의미가 있냐고. 이 수업대로 하면 시험점수 잘 받을 수 있냐고. 그러면 또 그 생각과 성장을 자극하는 말들로 응수했다.

하지만 아무리 수업을 의미 있게 구상해도 시험의 방향이 같지 않으면 그 수업은 성공할 수 없는 것이 현실이다. 시험도 외우지 않고 치를 수 있는 문항으로 출제했다.

"의미 없이 글자만 달달 외우는 그 시간이 아깝지 않니?"

"아까워요. 그렇지만 방법이 없잖아요?"

"선생님 시험은 그렇게 안 해도 돼."

"어떻게요?"

처음에 반신반의하던 학생들은 한 번의 시험을 치르고 난 뒤 어안이 벙벙한 표정으로 이야기했다. "샘 이런 시험 처음 쳐 봐요.", "교과서 열심히 외웠는데 그 문제 하나도 안 나왔어요!" 그 이후 수업은 애써 그렇게 학생들의 의심을 풀어주려고 노력하지 않아도 되었다. 암기와 일방적 지식 전달의 비중을 많이 줄이고, 남는 시간에는 생각하고 표현하게 했다. 처음에는 성적에 대한 불안감에서 벗어나지 못했던 학생들이 점점 성장하는 수업 그 자체를 즐기는 모습이 포착되기 시작했다. "도덕 시간은 시간이 너무 빨리 간다.", "도덕 시간에는 내가 진짜 성장하고 있다는 느낌이 든다." 등의 교사로서의 뿌듯함을 한껏 자극하는 그런 피드백들도 꽤 들을 수 있었다.

그리고 그 과정에서 알게 된 것은, 학생들이 생각보다 성적만큼이나 본인의 성장에 관심이 많다는 것이다. 나는 왜 지금까지 학생들이 성적 외엔 아예 관심이 없을 것이라는 착각을 하고 살았던가! 학생들이 지적 욕구와 성장 욕구를 가지고 있다는 사실을 알고 나니 수업은 더 깊이를 더해갔다. 좀 더 어려운 과제를 시도해 보았고, 그것을 해내는 학생들을 보며 지난날 나의 어리석음을 통렬히 반성했다. 그리고 그 반성과 성찰은 또다시 나의 성장으로 이어지고, 그것이 학생의 성장으로 이어지고 있다고 믿는다.

🪨 수업의 철학을 고민하다

거꾸로 수업의 처절한 실패로부터 몇 년이 지난 지금도 나는 여전히 때때로 실패한다. 아마 교사 경력이 100년이 되어도 수업의 실패는 사라지지 않을 것 같다. 왜냐하면 끊임없이 새로운 것을 시도할 것이기 때문에. 그러나 예전의 실패와 지금의 실패가 다른 점은, 바로 '목적'과 '철학'의 존재이다. 삶의 철학이 있는 자는 고난 앞에서도 크게 흔들리지 않는다고 한다. 마찬가지로, 수업의 철학이 있는 교사는 수업의 실패 앞에서 크게 흔들리지 않는다. 실패한 부분에 대해 낙담하고 주저앉는 것이 아니라 성찰하고 고민한다. 그리고 다음 수업에 이를 반영하여 더 나은 수업을 준비한다. 교사에게도 그렇게 조금씩 성장할 수 있는 원동력이 바로 수업의 철학이라고 확신한다.

슬프게도, 나는 아직 '당신의 수업 철학은 무엇입니까?'라는 질문에 한 문장으로 정리해서 말할 수 있을 정도로 생각이 정리된 상태는 아니다. 자신만의 생각을 통해 가치를 습득하게 하여 성장을 도모하는 수업을 하고 싶은데, 그 속에서 무엇이 핵심인지는 아직도 모르겠다. 아직도 여러 시도를 거치고 좌충우돌하고 있다는 뜻이다. 그러나 말로 정리되어 표현하기는 힘들지만, 적어도 예전의 '아무 목적 없는' 상태는 아니다. 정말로 많은 가치들 중 내가 가장 중요하게 생각하는 것이 무엇일지 좀 더 길게 시간을 두고 천천히, 그러나 확실하게 고민해서 결정해 보고자 한다. 교육의 질은 교사의 질을 뛰어넘을 수 없기에, 나의 성장은 나를 거쳐 갈 수많은 학생들의 성장을 위해서라도 꼭 필요한 노력이라고 생각한다. 그러므로 내가 교사로 있는 한 그 성장의 노력은 아무리 많은 실패를 하더라도 좌절하지 않고 이어나가고자 한다.

도전의 기회비용

김민영

📓 장난은 장난일 수 있을까

"보이루!"

이 단어를 듣자마자 의미를 파악하는 사람과 그렇지 않은 사람 사이에는 약간의 차이가 있을지도 모르겠다. 나이의 차이? 주변 문화의 차이? 또는 생각의 차이? 장난일 수 있으나 장난일 수 없는 그 표현. 처음 내가 그 표현을 본 것은 인터넷 댓글에서였고, 이후 직접 마주한 것은 학교 복도에서였다. 표현의 출처는 우리 학교 남학생의 입이었고, 이후 그 표현은 남학생들 사이에서 묘한 눈웃음과 함께 자주 들려왔다. 쓰지 않으면 좋겠다는 말에도 아이들은 그냥 개인 방송 진행자의 인사말일 뿐이고 안 좋은 의미는 없다고 했다. 빙글빙글 웃으면서

대체 그 의미가 뭐냐며, 말해보시라고, 장난치며 웃었다. 이미 인터넷상에서 그런 글을 읽었다. 단어 안에 여성 혐오의 의미가 내포되어 있어도 그런 이야기를 하면 그냥 진행자 이름 앞 글자를 딴 인사말일 뿐이라고 한다는 이야기까지도. 유행어의 의미라는 것이 진위를 가린다는 게 참 쉽지 않다. 이름을 딴 유행어라면 그 말을 사용하는 우리 아이들은 왜 유독 여성인 선생님이나 여학생들과 마주칠 때 그 표현을 쓰는 것일까.

아이들에게 크게 악의가 없음을 평소 아이들과의 관계를 통해 잘 알고 있었지만, 아이들이 교묘한 혐오의 표현을 일상에서 일말의 고민도 없이 장난으로 주고받는 문화가 형성되는 것에 대해 함께 터놓고 고민할 필요가 있지 않을까 생각했다.

자연스럽게 그런 표현들과 미디어상의 문화적 현상에 대해 관찰하고 관련 자료들을 보게 됐다. 그러다가 보게 된 두 편의 영상. 하나는 TED 토니 포터의 '남자들에게 고함'이라는 강연이었고 하나는 손아람 작가의 '차별은 비용을 치른다' 강연 영상이었다. 그러면서 토니 포터의 『맨 박스』를 읽어보았고 자연스레 손아람 작가의 책들도 살펴보게 되었다. 그렇지만 섣불리 잘못 접근하고 싶지 않아서 젠더 문제를 다룬 책들을 더 찾아보았고 나름대로 이런저런 고민을 많이 했다. 그러다 2학년 우리 반 아이들과 맨 박스에 대한 토니 포터의 강연을 함께 보았고 나는 아이들이 나름의 생각들을 이야기하면서 공감했다고 생각했다.

📖 실패한 수업이란 뭘까

문제는 그 이후에 발생했다. 양성평등 교육을 하는 창의적 체험 활동 시간. 한 시간 수업을 맡게 되었고, 이때 이 이야기를 나누어야겠다고 생각했다. 그래서 다른 선생님 한 분과 함께 같은 주제와 영상으로 동시에 수업을 진행했다. 1~2학년 전체 학생들을 대상으로 내가 진행하고, 같은 시각 다른 교실에서 3학년 전체 학생들을 대상으로 한 수업이 함께 이루어졌다. 칠판에 몇 가지의 질문을 적고, 광고 영상('여자다움') 한 편과 '차별은 비용을 치른다' 영상을 함께 보았다. 45분이라는 시간이 그리 길지 않았기에 영상을 보고 토론까지 진행하기엔 무리가 있어 포스트잇에 질문에 대한 생각을 써서 칠판에 붙이고 몇몇 의견들을 공유해보고 그 시간은 마무리되었다. 이렇게 한 번 생각해 볼 시간을 가진 다음, 또 시간이 가능할 때 아이들과 서로 의견을 주고받는 시간을 가져보고 싶다고 생각하면서.

그런데 교무실로 오는 길, 미처 다 읽지 못한 포스트잇들을 읽다가 한 장의 포스트잇을 마주했다. 잔뜩 화난 글씨로, "여

자다움 : 교활하고 욕심으로 꽉 참! 차별 비용 : 여성들의 욕심에 의해 남성이 치르게 된 억울한 값어치. 세상에 뭐 이딴 교육이 다 있어!! 군대 폐지!! 여자 제거!! 비하 발언 너희들도 하든가!" 등의 말이 적혀 있었다. 평소 차분하고 성실한 태도를 지닌 1학년 남학생 한 명의 낯설고 날 선 글씨와 내용이 당혹스럽게 느껴졌다. 아이에게 어떤 경험치가 있었기에 이토록 날을 세운 걸까? 선생님들과 대화를 나누며 아이들의 포스트잇을 살펴보았다. 다른 포스트잇은 대부분 공감하는 이야기들이 훨씬 많았다.

그런데 다른 선생님께서 "애가 집에 가는데 화가 엄청나게 나서 씩씩거리며 가던데?" 하시고 동료 선생님들께서는 "괜히 그런 걸 해서 애 화나게 하고…….", "양성평등, 요새 여성 상위 시대 아입니까.", "다음엔 고마 강사 불러서 하지 함부로 잘못하면 안 된다니까.", "완전히 실패했네, 실패했어." 등의 이야기들을 하셨다.

순간, 옆 사람들의 말에 내가 설불렀던 걸까 속상하기도 했지만, 어쩌면 이게 아이들과 더 깊은 대화를 이끌어가는 계기가 될 수도 있겠다고 생각했다. 일회성의 강연으로 끝나는 것이 아니라, 함께 같은 공간에서 살아가는 교사로서 내가 건넬 수 있는 몫이 분명 있으리라 생각했다. 그때 내가 했던 한마디 말, "한 명의 아이가 화가 났다고 해서 그게 꼭 실패라고 말할 수 있을까요?"

🔖 의미를 파악하는 데에는 충분한 시간이 필요하다

아이들의 세계 안에서는 이해가 어려울 수밖에 없다. 아이들의 연령대, 아이들이 경험한 세계 안에서 선행 차별의 상황을 직접 겪어보지 못한 부분이 크기에. 나 역시 학창 시절에 그런 경험을 해본 적이 없었고 내 경험의 세계 안에서 결코 이해할 수 없는 이야기들이 존재했던 것을 기억하기에. 현재도 맥락상 그 상황은 여전히 유효하다. 사람은 누구나 자기 세계 안에서 세상을 본다. 자기 입장, 자기 시선에서 생각하고 말한다.

그래서 아이의 생각도 충분히 이해되기도 했다. 학교라는 공간과 학교 안의 문화가 아이들에게, 특히 남성인 아이들에게 본능을 억누르는 억압이 된다는 생각을 자주 한다. 자기의 욕구를 표현하는 자유를 차단당하는 긴 과정. 침착성과 성실성을 요구하는 학업이나 과제가 아이들의 본성을 거스를 때가 있다는 생각도 자주 하기 때문이다. 요즘 이런 학교와 교실 문화를 바꾸어가려는 노력이 진행되고 있지만, 여전히 자유롭게 자기를 표현하는 과정은 충분하지 않다. 몇 년 전, 남녀공학 고등학교에 근무하면서는 초등학교 때부터 12년간 굳어져 공고해질 대로 공고해진 '학습된 무기력'에 빠진 남학생들을 상당히 많이 마주하기도 했다. 또래 여학생들의 학업 성적에 치이면서 무조건적인 반감을 보인 아이들도 만났고, 남학생들의 자연스럽고 본성적인 측면들에 대해 여성인 내가 쉽게 이해하지 못해 안타까움을 느낄 때도 있었다.

며칠 후 아이와 잠시 이야기를 나누었다. 나는 계속 아이의 학교에서의 삶을 함께 살아가는 사람이고, 아이와 다투려는 것이 결코 아니기 때문에 아이의 감정이 격앙되어 있을 때 선부른 말을 하고 싶지 않았다. 그날의 대화는 길지 않았고 이후 곧 여름방학이 왔다. 대화나 수업을 더 나누지 못한 채 시간이 흘렀다. 그러나 잊은 것은 아니었다. 오히려 더 많이 생각했다.

한 사람이 태어나서 자라고 살아가는 과정, 그 안의 청소년 시기의 3년. 함께 하는 시간 동안 나는 그 아이의 삶에 크지 않아도 일말의 책임을 지고 있다. 아이가 지금 이 시기에 결코 나의 마음을 이해하지 못할지라도, 어른이 되어서도 여전히 생각이 다를지라도 그것을 억지로 설득하거나 끌어올 생각은 없다. 다만, 경험하지 않은 세계의 이야기를, 자신의 경험치 안의 세상에 없는 이야기라고 해서 배제하고 차단하거나 무조건 분노하지는 않기를. 여러 관점과 이야기들을 듣고 생각하고 존중하며 대화 나눌 수 있는 시간을 바랄 뿐.

개학 날이 왔다. 그즈음 대한민국 독서 대전에서 수업 시간에 함께 본 영상 속 작가와의 만남 공지가 있어 신청했다. 아이들도 함께 가면 좋았겠지만, 그럴 만한 상황은 아니어서 고민을 안고 행사에 다녀왔다. 가을날 저녁, 손아람 작가를 만날 수 있었고, 내 고민에 대해 공감하며 어려운 문제라고 말해주어 작은 위안이 되었다. 집으로 돌아오며 30대인 나의 '경험'으로 형성된 내 세계 안에서 이해하기 어려운 또 다른 세계들에 대해 생각해보았다. 내가 얼마만큼의 시간을 살다가 마지막을 맞이할지 모르지만, 내 삶 안에서 나는 절대로 마주할 수도 없을, 내가 모르는 세계는 언제나 존재할 것이다. 누구에게나 마찬가지로. 다녀와서 아이에게 긴 편지와 함께 작가의 친필 서명이 들어간 책 한 권을 선물했다. 아이는 작가와 만났다는 말에 의외로 반가워했다. 자기의 생각과 다르게 전개된 말에 화가 났을 뿐, 작가에게 화가 났던 건 아니라고 했다. 한참 공들여 쓴 편지는 아이에게 어떻게 다가갔을까?

내 세계와 모든 아이의 세계에는 서로 다른 문화와 생각과 입장들이 제각각 달리 표류한다. 나는 우리의 세계가 서로 달라 합치되지 못할지라도 그 어느 접점에서 서로 생각을 주고받으며 일종의 교집합을 형성해갈 수 있기를, 그리고 삶의 과정에서 나와의 관계뿐 아니라, 교실 속의 친구들과도 사람과 사람으로 함께 공존하면서 서로 존중하는 자세로 치열하게 토론하고 생각하고 고민하며 살아갈 수 있기를 바란다. 3년이라는 시간을 함께 지내고 살아가면서 우리가 어떤 대화들을 주고받게 될지, 우리의 관계는 어떤 형태로 이루어져 갈지, 그 안에서 우리는 어떤 성장과 성숙을 겪게 될지 기대가 된다.

🪨 힘난한 여정을 이어가게 하는 힘

겨울방학, TED 또는 세. 바. 시 강연 중에서 하나를 선택하여 듣고, 이에 대한 자신의 견해를 한바닥 정도 써오는 과제를 내었다. 개학 후 아이들이 적절히 분량에 맞춰 글을 써왔는데, 과제를 검사하다가 아이의 글을 발견했다. 아이는 몇 개월의 시간 동안 자기 생각의 변화를 살펴보고 싶었다는 이야기와 함께 몇 달 전 우리가 수업에서 함께 본 영상을 선택해서 글을 썼다. 그런데 생각이 많았는지 분량을 넘겨 두 바닥을 빼곡하게 채워 글을 써냈다. 그때는 서두의 말만 듣고 감정적인 폭발이 일어나 제대로 이야기를 듣지 못했다며, 다시 차분히 돌아보며 들으니 작가의 생각과 견해를 충분히 수용할 수 있었다고 했다. 아이가 써낸 장문의 글이 내게는 '미안하다'는 사과의 말처럼 느껴졌다. 그저 그렇고 아무것도 아닌 실패한 수업으로 끝내고 싶지 않았던 내 노력에 대한 대답처럼 느껴지기도 했다.

수업이란 뭘까? 정해진 시간 안에 구획하고 나누어 지식을 습득하는 것만이 수업일까? 그냥 그 한 시간 이후 아무 대화도 없이 넘어갔다면 그때 그 일은 어떻게 기억에 남게 되었을까? 다수가 변화해도 한 명을 놓친다면? 한 명의 배움을 위해 나는 얼마만큼의 시간을 들일 수 있을까? 그렇게 노력하는 시간은 정말 의미 있을까?

1년 반이 지난 지금, 더는 학교에서 보이루라는 표현을 듣지 못했다. 유행이 지나가서일까, 아이들의 생각이 바뀌어서일까? 나는 전자라 생각한다. 그리고 여전히 아이들의 문화에서 젠더 감수성을 기르는 일은 필요하다고 생각한다. 곧바로 주제 수업을 진행하고 싶기도 했지만, 사실은 아직 갈등을 정면으로 다시 마주할 용기가 잘 나지 않았다. 아이들과 허심탄회하게 주고받기에 다소 민감한 주제임을 잘 알기 때문이다. 수업을 진행하기 위해 스스로 더 많이 준비해야 한다는 생각에 여러 책을 찾아 읽었고, 지금도 읽고 있다. 어쩌면 이 글의 마무리는 "아이들과 함께 열띤 토론을 했고, 우리는 서로 존중하는 문화를 싹틔워서 행복하게 잘 살았습니다."였으면 좋았겠지만. 그런 무지갯빛 교실은 눈앞에 곧바로 딱 놓이지 않는, 신기루처럼 멀지만, 끝없이 험난한 여정을 이어가게 하는 힘이 되지 않을까?

아이들과 토론을 하다 보면 단순하게 남녀 대결 구도로 흘러

갈지도 모른다. 조화를 이루어가는 의미 있는 토론 과정이 이루어지지 않을지도 모른다. 그렇지만 무조건 그런 상황이 나오지 않게 하는 것보다 아이들이 그 열띤 토론과 갈등을 딛고 한 발짝 더 성장하는 게 의미 있지 않을까? 갈등을 무조건 평화 협정으로 덮고 무마시키는 것이 진정 갈등을 해결하는 방안이 아니지 않은가? 아이들은 과연 수업에서 어떤 모습을 보여줄까? 그 과정은 아이들과 나를 어떤 물결에 몸담고 살아가게 할까? 교실 안의 작은 이야기들이 아이의 삶에 어떤 씨앗을 뿌리고 열매를 맺으며 더 풍요로운 토양을 가꾸게 할까? 세상은 우리의 교실 속 대화를 통해 아주 약간씩이라도 변화해나갈 수 있을까?

어떤 대화를 주고받든 아이들의 생각과 감정을 충분히 읽고 싶다. 아이들이 더 자유롭게 자기 생각을 표현하고 서로의 생각을 듣는 시간을 더 깊이, 더 오래 가지고 싶다. 그 과정에서 또 다른 새로운 갈등과 고민과 입장, 의견들을 마주하고 싶다. 당장 보기에는 어지럽고 실패한 것처럼 보여도 그 실패한 수업이 겉보기에 단정하고 깔끔한 수업보다 더 많은 의미를 형성할 수 있으리라 믿으며. '실패'라는 도전의 기회비용을 치르는 일이 수업에선 그 무엇보다 값진 경험이자 삶의 힘이 되리라고 믿으며. 오늘도 나는 부딪치기 위해 교실 문을 연다.

민주적인 교실, 그게 가능해?

손진아

📖 민주주의를 위하여

두려움은 어떻게 용기로 바뀌는가.

5월부터 7월까지 중학교 3학년 아이들과 함께한 PBL(프로젝트 기반 학습) 수업의 탐구질문이다. 약 2개월 반 동안 아이들과 다양한 활동을 했다. 3.1 독립선언서를 필사하고, 나만의 독립운동가 카드를 만들어 사물함에 부착하고 복도 사물함 공간을 수남중 갤러리로 꾸며 「할배, 할매는 용감했다」라는 제목으로 전시회를 열고, 갤러리 워크도 하고, 독립운동가 인물 열전으로 형성평가도 실시하고, 반별로 독립선언서 낭독식 후 영상을 유튜브에 올리고, 두려움이 용기로 바뀌는 자기만의 순간을 짧은 글로 표현하고 서로 피드백해 주고, 100여 명의 아이들과 방과 후에 우리 역사 바로 알기 골든벨 행사도 진행하였다. 그리고 이 모든 활동은 대통령 직속 3.1 운동 및 대한민국임시정부 수립 100주년 기념사업회의 국민 참여 기념사업으로 선정되어 인증서까지 받았다.

일본이 주어가 되는 일제강점기가 아니라 우리가 주어가 되는 독립운동기로 아이들의 가슴에 기억되기를 바라는 마음으로 블록타임 2시간으로 일주일에 한 번밖에 못 만나는 아이들과 함께 참 많은 활동을 하려 애썼다. 그 와중에 어찌 어려움이 없었겠는가. 같은 활동으로 계획되었었더라도 월요일에 만난 아이들과 금요일에 만난 아이들과 하는 활동에는 조금, 아니 큰 차이가 있었다. 할 때마다 개선되면 좋을 점들이 보이고, 그때마다 바로 적용하게 되니 먼저 활동한 아이들에게는 미안한 마음이 들었다. 그렇다고 내년이나 내후년으로 미룰 수도 없고.

그러면서 2학기에는 제대로 준비해서 1학기 때처럼 미안해하지 말아야지 다짐하고 또 다짐했다. 그러기 위해서는 일단 여름 방학 동안 2학기 수업 준비를 대충이라도 해야 하는데, 마음이 무거웠다. 2학기는 우리의 굴곡진 현대사 부분. 광복, 6.25 전쟁, 분단, 4.19 혁명, 5.18 민주화 운동 등 함께 공부해야 할 단원 제목부터 무겁고 또 무서운 기분이었다. 아직 50년, 30년도 지나지 않아 관련 인물들이 생존해 있는 경우도 많은데 이런 사건을 꼭 역사 시간에 다뤄야 하는지에 대한 의구심도 들고, 내가 아직 그 사건을 바라보는 시각이 정리되어 있지 않고, 교사는 또 정치적 중립을 지켜야 하는데 의도치 않게 나의 정치적 견해가 아이들에게 비치면 어쩌지 하는 걱정에 마음만 무겁고 수업 준비가 잘 되지 않았다. EBS 다큐프라임에서 나온『민주주의』라는 책만 겨우 보는 상황이었다.

그리고 1학기 때 진행한 탐구질문 '두려움은 어떻게 용기로 바뀌는가?'를 2학기에도 계속 끌고 나가는 것이 좋을지에 대한 고민도 많았다. 2학기에 배울 내용들이 민주화 투쟁 관련한 것들이라 1학기와 같은 탐구 질문으로 수업을 진행해도 괜찮을 것 같았지만, 같은 탐구질문으로 1, 2학기 둘 다 해도 될까 하는 의문도 있었고 일단 내가 좀 지루해졌다고나 할까. 그래서 바꾸고 싶었다. 그리하여 나온 수업 디자인은 대략 이렇다.

프로젝트명: 민주주의를 위하여

탐구질문: 민주적인 교실 문화를 위하여 우리는 무엇을 할 수 있는가?

민주주의를 바라보는 시각을 국가 차원에서가 아니라 아이들이 항상 생활하는 교실로 정했다. 그래야 역사 시간에 배우는 우리나라 민주화를 위한 투쟁의 과정이 아이들에게 의미가 있다고 생각했기 때문이다. 아이들이 학교생활을 하면서 가장 힘들어하는 지점이 친구와의 관계, 즉 대인 관계이다. 친구 때문에 학교 다니기가 너무 힘들어 학업중단 숙려제를 신청하는 아이들도 여럿 보았다. 이러한 관계의 문제를 민주주의라는 것으로 풀어보고 싶었다. 민주적인 교실을 위해 우리가, 내가 할 수 있는 실천 방안을 생각하는 과정에서 관계의 문제에 대한 실마리를 찾을 수 있을 것 같아서였다. 그러나 아이들은 내가 바랐던 친구와의 관계보다는 선생님과의 관계에만 오로지 집중했다. 교사가 학생들에게 공공의 적이 되는 순간이었다.

📖 교사는 학생의 적인가?

학교 문방구에 놀러 갔다가 허니콤 보드라는 것을 발견했다. 보드마카로 쓰고 지우는 것이 가능한 벌집 모양으로 생긴 자석 카드이다. 이것을 1인당 2장씩 나누어 주고 학교 또는 교실에서 일어나는 비민주적인 사례를 써서 칠판에 부착하게 했다. 그 후 비슷한 유형별로 유목화시키고자 하였다. 그런데 모두 붙이고 보니 유형별로 나눌 필요가 없었다. 거의 모든 카드가 교사나 학교 시스템과 관련된 것이었기 때문이다.

수행평가 모둠 구성원과 인원수를 왜 교사가 정하는가? 수행평가 과제를 왜 교사 혼자 정하는가? 학생에게는 엘리베이터를 못 타게 하면서 왜 선생님들은 엘리베이터를 타는가? 교실에는 에어컨을 안 틀어주면서 교무실은 왜 틀어주는가? 학생은 교사 화장실을 이용하지 못하는데 교사는 왜 학생 화장실을 이용하는가? 교사와 학생 간의 개인적인 문제를 왜 전체 학생에게 말하는가? 학생에게는 전혀 필요가 없는 주차장 때문에 왜 우리가 피해를 보는가?(안전 문제로 주차장 쪽에 있는 후문을 등하교 시 학생들이 이용할 수 없게 하고 있음) 왜 성적으로 차별하는가? 작년까지 2층이었던 3학년 교실을 왜 올해 들어 4, 5층으로 우리의 동의 없이 옮겼는가? 교사는 핸드폰을 쓰면서 왜 우리는 학교에 오면 제출해야 하는가? 교사는 손톱에 매니큐어를 바르면서 왜 학생 생활 규정에는 금지되어 있는가? 등등 나에게 꼭 답변을 해달라는 것은 아니었지만 왠지 교사들의 대변인마냥 답변을 해야 할 것만 같았는데 그렇게 일일이 하지도 못하겠고 입장이 몹시 난처하였다.

자석 카드를 모두 붙인 후엔 앞으로 나와서 친구들의 의견을 살펴보고 모둠별로 모여 민주적인 교실을 위해 필요한 가치 3가지를 정하고 우리가 생각하는 민주적인 교실에 대한 의견을 모아 한 문장으로 정리하여 발표하도록 했다. 그리고 오늘 내가 낸 의견과 모둠의 의견을 정리하여 노트에 쓰고 검사 도장을 받으면 두 시간 블록타임 수업 종료이다.

비민주적인 교실 사례에 대한 의견을 낼 때 아이들은 서로 몹시 공감하고 있었다. 그 교실에서 나만 빼고 모두 말이다. 아이들끼리는 공감대가 형성되었으니 그 자체만으로도 괜찮은 면이 있는 것일까? 교사를 향한 비난의 목소리를 두 시간 연속으로 듣고 나면 마음뿐 아니라 몸도 지쳐서 자석 카드에 쓰인 아이들의 의견을 지우개로 하나하나 지우고 나면 의자에 털썩 주저앉아 한동안 일어나기 힘들었다.

왜 이렇게 힘든 거지? 1학기 때 복도니 체육관이니 여기저기 뛰어다니며 수업을 진행할 때도 전혀 힘들지 않고 재미만 있었는데 왜지? 왜 힘들까? 1학기 때 '두려움은 어떻게 용기로 바뀌는가'라는 프로젝트 수업을 하는 동안에는 학생과 교사 VS 일제라는 공공의 적이 있어 아이들도 교사인 나도 한마음 한뜻으로 뭉칠 수 있었는데 2학기 민주주의를 위하여 프로젝트 수업에는 학생 VS 교사로 전개가 되니 교사인 내가 힘든 것이다. 그리고 그간의 교육 경험으로 미루어 볼 때 아이들은 틀린 말을 하고 있지 않았다. 아이들이 칠판 가득 적은 비민주적인 사례가 설령 민주적이라는 단어 뜻을 정확히 이해 못하고 적은 내용이라 할지라도 모두 틀린 말은 아니라서 듣고 있는 교사인 내가 힘든 것이다. 바른말을 하고 있는 아이들에게 틀리지 않다고 옳은 말이라고 말할 수가 없어서 내가 힘든 것이다. 인정하기 어렵지만 교사는 학생들에 비해 어른이라고 교사라고 학교에서 많은 특권을 가지고 있었나 보다. 그러면 이제 교사인 나는 어떻게 해야 하지?

📖 민주적인 교실은 없다

아이들에게 미리 작은 탐구질문을 제시했었다. 첫째, 민주주의란 무엇인가? 둘째, 나는 민주적인 사람인가? 셋째, 민주적인 교실은 어떤 곳인가? 넷째, 나는 민주주의를 위하여 무엇을 할 수 있는가? 4가지 질문 중 1가지를 골라 500자 정도의 글을 쓰게 했다. 글쓰기를 위해서 아이들 스스로 민주주의의 개념에 대하여 찾아보고 질문을 하곤 했다. 사회도 아닌 역사 시간에 민주주의의 개념을 설명할 시간은 충분치 않은 것 같아서 주어진 질문을 통해 아이들 스스로 찾아봤으면 했는데 다행이었다.

45분 동안 아이들은 각자 자기만의 논리로 글을 써나갔다. 수행평가로 반영되는 과제였기 때문에 내가 수업하지 않는 반까지 11개 반 328명 아이들의 글을 모두 2번씩 정독했다. 그중 딱 2명의 아이가 이렇게 글을 썼다. '둘 다 민주적인 교실은 어떤 곳인가?'라는 질문을 택했고, 소름 돋게도 똑같이 다음과 같은 문장으로 글을 시작했다. '민주적인 교실은 없다'

그 근거로는 교실에서 교사는 지금 시대로 하면 대통령, 조선 시대로 하면 왕 같은 존재이다. 담임 선생님과 교과 선생님을 내가 선택할 수 없다. 내가 배우고 싶은 교과를 선택할 수 없다. 반 배정, 같은 반 친구들 모두 나의 의견이 전혀 반영되지 않았다. 즉 지금의 교실은 출발부터 민주적이지 않기 때문에 '민주적인 교실은 없다'라는 내용의 글이었다.

이것도 받아들이긴 어렵지만 틀린 말은 아니다. 그래서 고교학점제를 시행하는 것이 아닌가. 내가 배우고 싶은 교과를 배우고 싶은 선생님과 함께하고 싶은 친구와 한다는 것. 그러면 학교생활이 정말 재밌지 않을까? 하지만 그건 이상일 뿐, 만약에 아이들에게 반 배정과 같은 반 친구와 교사 선택권을 주었을 때의 부작용은 뻔하다. 현실적으로 안 될 일이다. 그래도 틀린 말이 아니라면 최대한 아이들의 의견을 반영해보도록 노력해야 하지 않을까? 이제 교사인 나는 어떻게 해야 하지?

🪶 민주적인 교실 문화를 위하여 우리는 무엇을 할 수 있을까?

남학생 2~3명, 여학생 2~3명씩 뽑기로 4~5명 모둠을 구성하였다. 브레인스토밍으로 민주적인 교실 문화를 위하여 우리가 할 수 있는 일을 마구 말하게 하였다. 그중 가장 괜찮은 의견 3~4가지를 모둠별로 정하여 이젤 패드에 쓰게 하였다. 그리고 서로 발표할 부분을 확실히 정하고 타이머를 켜놓고 발표 연습을 하였다. 그리고 앞에 나와서 모둠별로 발표를 하였다. 발표 시간은 2분~3분 정도로 하고 빠지는 아이 없이 모둠원 모두 발표를 하게 하였다. 그리고 발표 후에는 질의응답 시간을 3분~4분 정도 가졌다. 다른 모둠의 발표를 진지하게 경청하고 궁금하거나 보완할 점들을 질문하는 아이들의 태도가 몹시 대견했다.

발표 내용은 대체적으로 친구 간에 고운 말 쓰기, 모둠 활동일 때 무임승차하지 말기, 왕따 만들지 말기, 힘들어하는 친구에게 먼저 다가가기 등등 친구와의 관계에서 생기는 문제들을 해결하는 실천 방안들이 많았다. 이는 내가 이전의 4시간 수업을 통해 얻은 교훈(?)을 바탕으로 친구와의 관계에 집중하여 의견을 모으고 실제로 실천할 수 있는 방안을 발표하라고 콕 집어 말을 하였기 때문이다. 아이들이 직접 할 수 있는 방안을 써야 했으므로 선생님과 연관될 것일 경우에도 실제로 실천 가능한 것을 넣으라고 하였다. 그렇게 하니 학기 초에 하고 싶은 수행 평가 과제를 미리 선생님께 말씀드린다 등이 나오긴 하였다. 그러나 이렇게 평가권을 가진 교사의 의도대로 수업이 전개되도록 만들어 버리는 나의 행동이야말로 비민주적이지 않나 하는 생각도 들었다.

그리고 지나고 생각해보니 교실에서 일어나는 비민주적인 사례를 다른 친구들이 볼 수 있게 칠판에 붙이는데 내가 속앓이 하고 있는 친구 문제를 솔직하게 쓸 수는 없었을 것 같다. 마구잡이로 자석 카드를 붙인다 해도 어떤 내용을 누가 썼는지 조금만 신경 쓰면 알 수 있는데 실명을 거론하지 않더라도 저 아이가 나에 대해서 이런 마음이었나 추측해볼 수 있으니 친구 문제에 아주 민감한 아이들이 드러내놓고 쓸 수는 없었을 것이다. 그렇다면 이 또한 아이들의 마음을 전혀 헤아리지 못한 교사의 비민주적인 과제 제시가 아닐까? 아이들의 말처럼 민주적인 교실은 없는 것일까?

나는 엘리베이터를 타지 않는다

아이들이 말한 비민주적인 사례들에 대하여 우리 학교 몇몇 선생님들과 이야기를 나눠 보았다. 어떤 선생님은 분개하였고 어떤 선생님은 걱정하였고 또 어떤 선생님은 공감하였다. 그리고 모두들 이런 이야기를 불편해하는 듯했다. 방학 중 있었던 중등 사회과 직무연수 강의 때에도 이 주제에 대하여 다른 학교 선생님들과 이야기를 나눠 보았다. 우리 학교 선생님들과 마찬가지로 어떤 선생님은 분개하였고 어떤 선생님은 걱정하였고 또 어떤 선생님은 공감하였다. 그리고 또 모두들 이런 이야기를 불편해하는 듯했다.

그중 한 선생님께서 이런 의견을 주셨다. 사회, 도덕, 역사를 묶은 교과 통합으로 이 프로젝트 수업을 진행하면 어떨까. 사회 시간에는 민주주의 의미를, 도덕 시간에는 관계, 배려, 공감의 가치를, 역사 시간에는 민주화 투쟁 과정을 배우고, 그 후에 탐구 질문이 주어졌다면 학생들의 반응은 다르지 않았을까. 전적으로 공감했다. 힘들겠지만 다음번 교육과정 재구성 때에는 교과 통합을 꼭 해보리라 다짐했다.

그리고 한 선생님께서는 교사에게 불편한 이야기가 맞으니 꼭 필요한 이야기라는 의견을 주셨다. 이 또한 전적으로 공감했다. 그럼 우리 교사들은 이 불편한 마음을 어떻게 풀어야 할까.

일단 나는 이제 더 이상 학교에서 엘리베이터를 타지 않는다. 내가 할 수 있는 작은 것에서부터 불편한 마음을 풀기 위한 첫 번째 실천 방안이다. 짐이 많아 수레를 끌어야 할 때를 빼고는 4층 3학년 교실까지 하루에도 몇 번씩 아이들과 함께 오르락내리락한다.

두 번째 실천 방안은 아직 고민 중이다. 하지만 한 가지 분명한 건 나는 앞으로도 계속해서 민주적인 교실 문화를 위하여 고민할 것이라는 점이다. 그리고 교사들만 탈 수 있는 엘리베이터에서 나와 아이들과 보폭을 맞추며 계단을 오르내리는 선생님이 더 많아졌으면 하는 바람을 가져본다.

3부

행복한 교사이고 싶다

269일 6456시간의 기록

서화영

행복한 교사, 2019년 울보 교사가 되다

"울보쟁이 서화영, 수고했어 2019"

"수고했어 서화영 이젠 행복한 교사 서화영으로 돌아가시오. 그만 울고 이젠 웃어요."

2019년 12월 19일 수료식과 전 교직원 회식을 마친 후 저녁 10시가 넘어 숙소에 돌아왔을 때, 내 책상에 한 아름의 장미꽃과 함께 윗글이 적힌 포스트잇이 붙어 있었다. 우리 팀의 교육지도사 선생님들이 온몸과 마음이 지칠 대로 지친 나를 위해 정성스럽게 준비한 선물이었다. 순간 폭풍 같은 감정이 몰아쳐서 영영 목놓아 울었다. 그러고 나서야 나는 2019년의 모든 희로애락을 내 마음속에서 떨쳐 버릴 수 있었다. 2019년 한 해

동안 나는 선생님들의 표현처럼 울보였다. 2019년 3월 25일 입교식부터 12월 18일 수료식까지 아이들과 함께한 269일 6456시간을 돌이켜보면 눈물 마를 날이 없었다. 그중에 영원히 잊지 못할 기억들을 이야기해보려 한다. 이 글을 통해 내 교사생활의 2막을 열게 해준 2019년을 기록으로 남긴다.

📓 열혈교사, 대안교육을 꿈꾸다

2019년 나는 교사로서 큰 도전을 하였다. 교직 경력 12년 동안 일반 중·고등학교에서 아이들에게 국어를 가르치는 그저 평범한 교사였다. 수업을 잘하고 싶은 욕심에 온갖 연수를 쫓아다니고, 학급경영에 온 힘을 다하며 아이들에게 인정받는 교사가 되기 위해 노력하였다. 나는 내가 평생 그렇게 학교 안에서만 생활할 줄 알았다. 그런데 2018년 2학기 말 뜻밖의 공문 하나가 내 교직 인생을 송두리째 바꾸어 놓았다. 도내의 대안교육 위탁 기관에 근무할 파견 교사를 구한다는 공문이었다.

내가 교사가 된 지 얼마 되지 않았을 때 도내에 처음으로 공립 대안학교가 문을 열었다. 그 당시 대안교육 관련 연수들을 찾아다니며 듣고, 아직 개교하지도 않은 학교 건물에서 대안학교 설립을 추진하는 선생님들과 대안교육에 관한 철학을 나누며 교육의 본질을 실현하기 위한 대안교육을 꿈꿨다. 나는 기존의 공고화된 규정과 절차에 따라 관료적으로 운영되는 학교 그리고 교육에 항상 갑갑함을 느꼈다. 나는 수업에 활용할 학습지를 만들 때도, 학급 행사를 기획할 때도, 심지어 매년 반복되는 기안문을 상신할 때도 한글 문서를 새로 열어 그 내용을 작성한다. 원래 타고난 기질 자체가 남들과 다른 새로운 시도를 좋아하고, 6년 가까이 일반계 고등학교에 근무하다 보니 수능과 입시라는 제약으로부터 자유롭고 싶었다. 그래서 2019년 이곳 대안교육 위탁 기관에 발을 내딛게 되었다.

📖 아침 7시 기상 밤 10시 취침, 모두가 탈출을 바라다

나는 일선 학교에 근무할 때 집이 멀다는 이유로 학교에 제일 먼저 출근하는 교사였다. 그리고 매년 새로운 연구들로 밤 9시, 바쁠 때는 12시가 넘어서야 퇴근하는 열혈교사였다. 하루 12시간이 넘는 근무에도 아이들로부터 열정적이다는 평을 들을 만큼 강철 체력을 자랑했다. 그런데 이곳에서는 나의 체력도 통하지 않았다.

우리 원의 하루는 그 어떤 곳보다 굵고 강하다. 아침 7시 원가가 울리면 아이들을 깨우러 선생님들이 각 방에 들어간다.

아이 한 명 한 명의 이름을 몇 번이나 외치고 어르고 달래서 겨우 방 밖으로 데리고 나온다. 이불을 개는 것부터 잠옷을 갈아입고 나오는 것까지 모두 선생님들이 지도해야 할 몫이다. 눈을 반쯤 뜬 아이들이 모두 복도로 모이면 선생님의 아침 인사가 이어진다. 밤사이 잘 잤는지 별일은 없었는지 혹시 감기에 걸리진 않았는지 세심하게 아이 하나하나를 챙긴다. 이제부터가 난코스다. 눈도 뜨지 못한 아이들을 데리고 밖으로 나가 몸 깨우기를 해야 한다. 몸 깨우기란 아이들이 기상하여 가벼운 체조와 걷기를 통해 하루를 건강하게 시작할 수 있도록 돕는 프로그램이다. 아이들은 온갖 지병과 자신의 상황들을 토로하며 어떻게 해서든 밖으로 나가기를 거부한다. 선생님과 아이들 사이에 눈에 보이지 않는 신경전이 이어지면 그날의 승자가 결정된다. 억지로 끌려 나온 아이의 입에서는 좋은 말이 나올 리가 없다. 아침부터 아이들의 거침없는 목소리로 나의 하루가 시작된다.

8시 아침, 12시 점심, 5시 반 저녁, 하루 세끼를 아이들과 함께 원에서 먹는다. 13년간 교직 생활을 하는 동안 아이들과 이렇게 세 끼를 먹는 경험은 처음이다. 아이들은 거의 마시듯 밥을 먹고 매서운 눈초리로 선생님들을 쏘아본다. 왜냐하면 아이들은 밥을 먹은 후의 휴식 시간을 최대한 만끽하기 위하여 선생님들의 식사가 빨리 끝나기만을 바라기 때문이다.

우리 원의 교육과정은 크게 오전과 오후, 그리고 저녁으로 나누어 볼 수 있다. 오전에는 아이들과 교사 모두가 함께하는 공동체 회의를 한 후 일선 학교와 같이 국어, 영어, 수학 등의 보통 교과를 배운다. 오후에는 원 안팎에서 제빵, 요리, 공예, 승마, 댄스 등의 다양한 대안 교과를 접하고 저녁에는 바리스타, 스포츠, 문화 감상 등의 방과후학교를 운영한다. 마지막 각 반별로 하루를 정리하는 감사 일기를 작성하고 별빛 모임이 끝나면 밤 10시 기나긴 하루를 마무리하게 된다.

점호를 마치면 드디어 아이들이 생활하는 곳을 떠나 내방으로 올라갈 수 있다. 10시 2분, 고단한 몸을 침대에 뉘면 씻는 것도 잊고 곯아떨어진다. 방에서 티브이를 보거나 책을 읽으며 혼자만의 시간을 가지는 것, 심지어 씻는 것조차도 사치였다. 방에 들어서자마자 바로 불을 끄고 침대에 눕기 바빴다. 한 번은 아이들 이야기를 나누려고 전문상담사 선생님께서 나를 찾았다. 하지만 이미 내 방의 불은 꺼진 뒤였다. 이곳에 온 이후로 나에게 교사 서화영으로서의 삶 말고, 한 인간으로서의 삶은 없었다. 오롯이 나에게 집중할 수 있는 여유가 없다 보니 날이 갈수록 나의 삶은 더욱 피폐해져 갔다.

아침 7시에 출근하여 밤 10시까지 하루 15시간의 노동이 평일 내내 이어지면 비로소 금요일, 나는 퇴근하여 집으로 돌아갈 수 있다. 월요일 아침 집을 떠난 지 5일 만의 퇴근이다. 1학기 초반 몇 달 동안은 평일에 사용한 에너지를 보충하느라 주말 내내 집에서도 침대를 떠나지 못했다. 처음에는 부모님도 내가 근무하는 곳이 일반 학교와는 다소 다른 아이들이 생활하는 곳이라는 것을 알기에 걱정스러운 눈빛으로 쳐다만 볼 뿐 섣불리 원 생활에 대해 물어보지 못하셨다.

　나의 원 생활을 전해 들은 지인들은 우스갯소리로 이곳을 감옥이라 불렀다. 마음대로 출퇴근할 수 없고 심지어 통화도 원활하지 않기 때문이다. 기관이 산 밑에 위치하다 보니 친구와 통화를 하다가도 전화가 끊기거나 잘 들리지 않기 일쑤다. 그럴 때마다 친구들은 도대체 왜 그런 곳에 굳이 지원하여 사서 고생을 하느냐며 나에게 핀잔을 주었다. 그런데 이것은 비단 우리만이 느끼는 답답함은 아니었다. 혈기 왕성한 아이들이 PC방도 대형 마트도 없는 이곳에서 생활하다 보니 아이들도 항상 탈출을 꿈꾸었다. 한 번은 점심시간에 여중생 한 명이 사라졌다. 팀의 전 선생님들이 깜짝 놀라 온 원을 뒤지고 CCTV를 돌려 보며 아이 찾기에 혈안이 되었다. 결국 원 밖으로 차를 몰고 나간 선생님이 근처 편의점에서 과자를 사 먹고 있는 아이를 찾아 무사히 원으로 돌아왔다. 그 이후 나는 아이들이 편의점을 가고 싶어 하면 함께 자전거를 타고 동행해 주었다. 아이들의 답답함은 2019학년도 말로 갈수록 절정으로 치달아 12월에는 걸핏하면 나가고 싶다고 하는 아이를 상

담하면서 나도 집에 가고 싶다고 말해 아이와 함께 크게 웃기
도 했다.

📖 휴대폰, 담배와의 끝없는 전쟁을 벌이다

일 년 동안 우리 원의 선생님들과 아이들이 가장 크게 갈등
했던 사안을 들라 하면 바로 휴대폰과 담배 문제일 것이다. 입
교생의 대다수가 흡연자이기 때문에 이들에게 담배를 피우지
못 하게 하는 것은 우리가 상상할 수도 없는 끔찍한 고통이었
다. 아이들은 입교 전 전문상담사와의 사전 면담에서 원의 규
정을 전해 들었음에도 불구하고 이를 빈번하게 어겼다. 입교
첫날 버젓이 원내에서 담배를 피우다 적발되기도 하고, 스포
츠 활동 시간에 화장실을 다녀온다고 나간 아이들이 숙소 뒤
에서 몰래 흡연을 하기도 했다.

학교에서 여러 차례 생활지도 업무를 맡으며 강한 카리스마
를 자랑하던 나에게 아이들의 흡연은 절대 허용될 수 없는 일
이었다. 아이들이 입교하기 전, 원의 선생님들과 함께 대안교
육에 관한 이해를 높이기 위하여 전국의 대안학교와 대안교육
위탁 기관들을 방문하였다. 그런데 대다수의 학교가 정해진
시간과 정해진 장소 내에서의 흡연을 허락하고 있었다. 처음에

는 좀처럼 이해가 되지 않던 이 부분이 지금에 와서는 그 의도를 조금은 알 것 같다. 금연 앞에서 극심한 스트레스와 과격한 행동을 보이는 아이들을 보니 나의 생각도 변하기 시작했다.

밤 10시에 취침 점호를 했음에도 불구하고 아이들은 아침 7시 기상을 힘들어하고, 일과 중에도 계속 누워 자고 싶어 한다. 밤새 휴대폰을 보느라 잠을 자지 못했기 때문이다. 그래서 원의 모든 공동체가 함께 모여 이 문제를 해결하고자 회의를 한 결과 취침 시간 이후 휴대폰을 반납하고 아침에 기상하여 받기로 하였다. 그런데 한 아이가 휴대폰을 내라는 말이 나오기도 전에 자기 손으로 휴대폰을 빨리 내고 가버리는 모습이 목격되었다. 그 후 아이들의 동태 파악을 위하여 항상 페이스북을 주시하던 전문상담사 선생님께서 취침 시간에 그 아이의 페이스북 메시지가 활성화되어 있는 것을 발견하였다. 그 아이가 공기계를 냈던 것이다. 아이들은 어떻게든 취침 시간에도 자신의 휴대폰을 사수하기 위해 선생님들과 소리 없는 전쟁을 이어나갔다.

🖋 평일 아침 10시, 비 오는 둑길을 걷다

우리 원에는 징계가 없다. 아이들이 정해진 공동체 규칙을 어겨도 학교처럼 징계위원회에 회부되지 않는다. 다만 우리 원에서는 규칙을 어긴 아이가 교사와 함께 회복적 생활교육을 떠난다. 우리 원은 교사와 아이가 더욱 긴밀한 관계를 형성하기 위해 멘토-멘티 제도를 시행하고 있는데, 멘티가 공동체 규칙을 어기면 담당 멘토 선생님과 함께 산행을 가야 한다. 나는 멘티 복이 많아 2019년 한 해 동안 산행 3번, 비 오는 날 둑길 1번을 다녀왔다.

　6월 한창이나 무더운 여름, 나의 멘티가 공동체 규칙을 어겼다. 매일 아침 열리는 공동체 회의가 끝나자마자 오전 10시 아이와 나 그리고 연구사님은 뒷산으로 향했다. 우리 원 뒷산은 산세가 험하고 바위가 많아 정상까지 오르는 것이 여간 힘들지 않다. 평소 등산에 익숙지 않던 나와 아이는 반바지에 반팔 티를 입은 반면 연구사님은 긴팔, 긴 바지 등산복에 등산 스틱까지 만반의 준비를 하셨다. 우리가 연구사님의 뜻을 헤아리기까지는 그리 오래 걸리지 않았다. 산길에 들어서자마자 아이와 나의 팔다리는 모기에 물려 빨개지고 땀이 비 오듯 흘렀다. 연구사님은 혹시 우리가 산길을 몰라 헤매거나 뒤처질까 봐 선두에 서서 우리를 살뜰히 챙겨 주셨다. 아이가 먼저 흙구덩이에 주저앉아 자기는 도저히 못 가겠다며 울먹였다. 사실 나도 같은 마음이었다. 아마 나 혼자였다면 벌써 포기하고 내려갔을 것이다. 연구사님은 자신이 메고 온 등산 가방에서 배즙까지 내어주시며 우리를 독려하여 목적지인 산 중턱 벤치까지 인도해 주셨다.

시간이 흐를수록 초여름의 강렬한 햇볕은 더욱 강해지고 숨이 턱까지 차올라 주저앉고 말았다. 그 순간 우리를 부르는 연구사님의 다급한 소리에 그곳으로 홀린 듯 걸어갔다. 눈 앞에 펼쳐진 것은 정말 깊은 산속에서나 볼 법한 거대한 폭포였다. 새하얀 유리알 같은 물결이 자연 그대로의 모습으로 아래를 향해 끊임없이 쏟아지고 있었다. 나와 아이는 그동안의 고생을 순식간에 잊고 누가 먼저랄 것도 없이 서로에게 물을 뿌리며 한참 동안 물장난을 했다. 마치 소꿉친구를 만난 것처럼 왜 이곳에 왔는지도 까맣게 잊은 채 아무 걱정 없이 마냥 해맑게 아이와 놀았다. 비록 4시간의 힘든 산행이었지만 아이와 함께한 기억은 영원히 잊지 못할 것이다.

한 번은 또 다른 멘티가 공동체 규칙을 어겼는데 하필 비가 오는 날이었다. 하는 수 없이 산행을 포기하고 6㎞에 달하는 마을 둑길을 걷기로 했다. 우리 팀 교육지도사와 아이, 그리고 나까지 셋이서 나란히 우산을 쓰고 걸었다. 비가 와서 운동화를 신을 수가 없어 셋 다 슬리퍼에 반바지 차림이었다. 다행히 면이라 지나다니는 차가 없어 셋이서 길 한복판을 장악하고 소풍을 떠나듯 신나게 걸었다. 담배는 언제부터 왜 폈는지, 학교 친구들은 어떤지, 여기에 왜 오게 되었는지 등 아이의 길고도 짧은 인생을 모두 들을 수 있었다. 아마 학교였다면 아이는 그렇게 순순히 자신의 모든 이야기를 털어놓지 않았을 것이다. 이곳이기에 가능한 일이다. 학교에서 가졌던 절대 권력과 카리스마를 포기한 대신 나는 이곳에서 아이들과의 다소 과격한 친밀감을 얻을 수 있었다.

둑에 고고한 자태를 뽐내고 서 있던 새하얀 학을 신기하게 처다보다 갑자기 학이 나는 모습을 보고 탄성을 지르기도 하고, 이름 모를 풀꽃의 아름다움에 매료되어 한참을 바라보기도 하고, 축사에서 새어 나오는 소똥 냄새에 코를 막고 뛰기도 했다. 도시에서 태어나고 자란 나와 아이, 교육지도사 모두에게 이곳에서의 자연은 마냥 신비로운 존재였다. 대학 졸업 후 학교로 온 나, 학교 외에는 사회생활의 경험이 전혀 없는 내가 언제 이렇게 평일 아침 10시 일과 중에 비 오는 둑길을 걸을 수 있으랴 하는 생각이 문득 들었다. 나 또한 지금쯤 일선 학교에 있었더라면 교실에서 열심히 수능특강을 외치고 있었을 것이다. 교사로서 참 소중하고 귀한 경험이다.

📖 방학이 없는 삶을 살다

방학 중 원적교에 서류를 제출하기 위해 잠시 학교에 들렀다. 반가운 선생님들과 즐거운 인사를 나누며 한참 이야기꽃을 피웠다. 여름 방학식 직후라 아이들이 원에 없다는 이야기를 하자 모든 선생님들이 한 학기 동안 정말 고생 많았다며 방학 동안 푹 쉬라고 했다. 하지만 우리는 방학이 없다. 교육청 직속기관이라 아이들 방학 기간에도 모든 교직원은 아침 9시부터 저녁 6시까지 근무해야 한다. 이 이야기를 들은 원적교 선생님들은 하나같이 놀라움을 금치 못했다. 교사에게 방학이 없는 삶이란 정말이지 최악이다. 내가 여기 근무하면서 가장 많이 들은 이야기 중에 하나가 지금 아이들이 없는 기간인데 거기서 뭐 하냐는 질문이다. 일선 학교도 그렇지만 아이들이 없다고 해서 결코 교사의 일이 없는 것이 아니다.

2월 말 교육계획서 작성으로 시작된 2019학년도는 한 달간의 숨 고르기를 거친 후 드디어 3월 25일 입교식이 거행되었다. 교육과정 수립부터 기숙형 대안교육을 위한 원내 환경 정비, 생활·안전지도에 이르기까지 모든 게 교직원들의 힘으로 구축되었다. 그 외에도 교육청 직속기관이라는 타이틀에 걸맞게 도의회나 각종 도교육청에 보고해야 할 자료 작성과 같은 공문 처리 업무도 만만치 않았다. 위탁생을 모집하기 위해 도내 선생님들을 모시고 교육과정 설명회를 여는 것을 시작으로 학교와 집을 떠나 이곳에 오게 된 아이들을 온 마음을 다해 정성스럽게 맞이하기 위해 입교식을 준비하는 것까지 모두 3월에 해야 할 일이었다.

우리 원 선생님들은 아이들과 함께 생활하는 학기 중에 자신의 업무를 처리하기가 매우 어렵다. 입교하는 아이들의 특성상 24시간 밀착하여 그들 옆에 그림자처럼 함께 해야 하기 때문이다. 결국 아이들이 없는 방학을 활용하여 모든 업무를 처리해야 한다. 여름방학도 마찬가지였다. 2학기의 수업 및 체험학습 계획 수립부터 만족도 조사 결과 분석, 성과 지표 관리, 직속기관장 회의자료 작성, 전국 협의회 자료 및 업무분장과 관리자 명부 제출까지 행정적으로 처리해야 할 일들이 무궁무진하다. 이런 일들에 매달리다 보니 길다고 느꼈던 방학도 어느새 끝나버렸다. 결국 나에게 2019년은 쉼이 없는 한 해였다.

📖 같이 먹고, 같이 자고, 밤새 이야기하다

일선 학교에서는 경험할 수 없는 우리 원의 특색 있는 교육과정 중 하나가 프로젝트형 체험학습이다. 학교에서는 일 년에 한 번 수련회와 수학여행을 간다. 모든 선생님과 아이들은 계획된 코스와 동선 대로 전교생이 혹은 학급 단위로 움직인다. 물론 요즘은 소규모 체험학습을 지향하여 교사와 아이들이 함께 기획하는 경우도 있다. 우리 원에서는 교사와 아이들이 함께 1박 2일 또는 2박 3일의 체험학습을 기획하여 선생님이 직접 스타렉스를 몰고 열 명 정도의 아이들과 떠난다.

4월에 "어서 와~ 욕지도는 처음이지"라는 주제로 체험학습을 떠나기 전 국어 수업 시간에 아이들이 욕지도의 생태와 자연에 대해 조사하여 마인드맵으로 정리하는 활동을 하였다. 또한 우리가 둘러볼 관광 명소와 먹거리 코스를 아이들이 직접 찾아보게 하였다. 체험학습을 다녀와서는 체험학습 중 찍은 사진을 활용하여 아이들이 포토 에세이를 제작하였다. 5월에는 'CINEMA LOAD 영화를 따라 걷다, 마음을 따라 걷다'라는 테마로 영화와 관련된 부산의 다양한 명소를 따라 걸으며 아이들의 상처받은 마음도 함께 따라 걸어 보았다. 영화와 연극 등 스토리를 가진 미디어를 관람하며 아이들이 자신의 삶을 성찰하고 현재 당면한 문제를 해결할 수 있는 기회를 마련하였다. 9월에는 "몸튼튼 마음튼튼 꿈튼튼"이라는 주제로 아이들이 건강한 몸과 마음을 지니고, 더 나아가 마음속에 작은 꿈을 가질 수 있도록 하는 119안전체험관의 도시재난체험, 대학 캠퍼스 투어, KBS 방송국 견학 등을 하였다. 대망의 마지막 체험학습은 항상 탈출을 꿈꾸는 우리 선생님들과 아이들의 자유를 위한 '하늘을 날다'라는 주제로 진행되었다.

우리 선생님들은 체험학습을 가면 먹고, 자고 모든 일정을 아이들과 함께해야 한다. 교사로서 13년을 근무했지만 아이들과 함께 잠을 잔 기억은 거의 없다. 그러나 우리 원 아이들의 특성상 야간에도 보호가 필요하기에 모든 선생님들은 체험학습을 가면 두세 명의 아이들과 함께 잠을 잔다. 아이들은 원 밖을 나서면 여행의 설렘으로 좀처럼 쉽게 잠들지 않는다. 배달 음식을 시켜 먹거나 편의점 쇼핑에 나서고 싶어 한다. 또한 간혹 코를 심하게 골거나 잠꼬대를 하는 아이와 같이 자는 날에는 뜬눈으로 밤을 새워야 한다.

2학기 대구 체험학습을 갔을 때의 일이다. 동성동에서 20대와 30대 커플의 사랑 이야기를 다룬 연극을 보았다. 주인공이 이별 후 서로 그리워하는 장면에서 나와 아이들 모두 눈물을 펑펑 쏟으며 극 중 인물들의 절절한 감정에 푹 빠졌다. 그날 저녁 씻고 잠자리에 들려고 누웠는데 한 아이의 날카로운 질문이 훅 들어왔다.

"선생님, 예전 남자친구랑 어부바 많이 했죠?"

극 중 20대 커플이 헤어진 후 여주인공이 남자친구가 업어주던 과거의 추억을 회상하는 장면에서 나도 그 아이도 펑펑 울었기 때문이다. 당시 그 아이는 사귀던 남자친구와 피치 못할 사정으로 잠시 떨어져 있던 중이었다. 결국 같은 방을 쓰게 된 나와 두 아이는 새벽 늦게까지 서로의 연애사를 공유하며 수다 삼매경에 빠졌다. 마치 절친이랑 이야기하듯 나도 거리낌 없이 나의 속 이야기를 털어놓았다. 아마 학교였다면 상상도 할 수 없는 일이다. 이곳에서는 교사와 아이 간의 경계선이 학교처럼 뚜렷하지 않다. 함께 먹고 자고 생활하며 어느 순간 나는 그 아이들에게 교사이기 앞서 옆집 언니이자 인생 선배가 되어 버린 것이다.

📷 북 치고 장구 치던 나, 함께 하는 게 더 어렵다

내가 이곳에서 울보 교사가 된 결정적인 계기를 꼽자면 2019 학년도 수료식을 들 수 있을 것이다. 그 어떤 교육기관보다 치열한 1년을 버텨낸 우리 모두의 마지막을 성대하게 마무리하고 싶었다. 더불어 아이들을 보내놓고 밤낮으로 맘 졸였을 부모님, 원 생활은 잘하고 있는지 걱정 많으셨을 원적교 선생님들, 마지막으로 우리 아이들의 가장 가까운 곳에서 밤낮으로 헌신한 우리 원의 선생님들, 그리고 이날의 주인공인 아이들까지 우리 모두를 축하하고 그간의 고생을 격려하고자 하였다. '수고했어, 2019'라는 주제로 진행된 수료식은 식전행사와 공연 마당으로 2부에 걸쳐 진행되었다. 같은 팀의 선생님들과 대략적인 아이디어를 공유하여 구체적인 기획안을 세운 후 본격적인 수료식 준비에 들어갔다.

수료식 초대장에 적힌 '39명의 수료생 모두가 주인공이 되는 날'이라는 문구처럼 아이 한 명 한 명 모두에게 멘토 선생님이 수여하는 상장과 아이의 사진과 장래 희망을 넣은 액자를 제작하여 수여하였다. 또한 일 년 동안의 모든 추억을 담은 수료 앨범과 아이의 사진을 넣은 대형 롤링페이퍼도 선물하였다. 식전 행사로 졸업 팔찌를 제작하는 부스와 아이들의 달콤한 미래를 약속하는 솜사탕 먹거리 부스도 운영하였다. 선생님들은 아이들의 수료를 축하하는 동영상을 제작하고 아이들은 반별로 수료 소감을 다양한 형식으로 발표하였다. 대형 케이크도 주문하여 39명의 수료생이 직접 커팅하도록 하였다. 비록 완벽하진 않지만 한 음 한 음 떠듬거리며 아이들이 준비한 우쿨렐레와 합창 무대도 선보였다.

아마 일반 학교였다면 아이들 모두를 호명하고, 어설픈 공연을 선보이는 2시간의 긴 장정을 감히 시도하지도 못했을 것이다. 그러나 이곳에서는 가능하다. 왜냐하면 우리 선생님들이 계시기 때문이다. 위에 열거한 모든 일들, 그리고 텅 빈 체육관에 의자를 원으로 배치하여 무대를 세팅하고 부스 테이블을 꾸미는 일까지 그 어느 것 하나 선생님들의 손이 가지 않은 데가 없다. 모두가 한마음 한뜻으로 나섰기에 수료식을 무사히 마칠 수 있었다.

학교에서는 내 수업을, 그리고 내 학급만 잘 경영하면 되었다. 교육과정을 재구성하여 한 학기 수업을 디자인하고, 나의 교육철학에 입각한 특색 있는 학급경영으로 담임의 역량을 최대한 발휘하였다. 그런데 이곳에서는 그게 통하지 않았다. 여중, 여고, 남중, 남고 총 4개의 학급이 있는데, 각 팀마다 교사, 교육지도사, 그리고 전문상담사나 사회복지사 또는 임상심리사가 있다. 아이들에 관련된 모든 것들은 팀원 선생님들과 논의하여 결정해야 했고, 아이들을 지도할 때도 팀의 모든 선생님들이 마음을 모아 협업해야만 했다. 교직 생활 십 년 동안 혼자 하는 습관이 몸에 익어 처음에는 나 혼자 하는 게 더 편했다. 또한 나와 다른 생각이나 의견을 수용하여 조율해 나가는 것도 어려웠다. 그러나 궁하면 통한다고 했던가. 조금씩 소통이 일어나기 시작했다. 내 생각을 팀원 선생님들께 이야기하고 나름의 해결책을 도출하여 함께 마음을 맞춰 나가기 시작했다. 나는 이곳에서 팀워크의 소중함을 깨닫고 소통의 기술을 익힐 수 있었다.

📖 서화영, 인생 40년 만에 소진되다

나는 지금까지 학교생활이 너무 힘들다는 생각을 해 본 적이 없었다. 운이 좋았던 건지 항상 근무하기 좋은 학교에 발령을 받아 내 말을 잘 따라주는 착한 아이들을 만났다. 다른 선생님들이 개구쟁이 아이를 험담할 때도 나 혼자만 그 아이가 착하다고 말했다. 선생님들께서 어떤 아이든 서화영 선생님 앞에서는 다 순한 양이 된다고 할 만큼 아이들 문제로 속 썩을 일이 거의 없었다. 그랬던 내가 달라졌다. 이곳에 와서 나의 통제에 따르지 않고 제멋대로 수업 시간에 나가는 아이와 목에 핏대를 세워가며 싸우기도 하고 다른 선생님들께 아이의 험담을 늘어놓기도 했다. 일상생활 속에서 습관처럼 욕설을 내뱉는 아이들을 일일이 지도하다가 내가 욕을 배울 지경이었다. 자신의 뜻대로 되지 않으면 욕부터 내뱉는 아이들 속에서 나는 점점 지쳐갔다.

업무 또한 만만치 않았다. 내가 10년 넘게 학교에서 한 일보다 이곳에서 일 년 동안 한 업무가 더 많다고 느낄 정도였다. 한창 수료식 준비를 할 때에 있었던 일이다. 때마침 왼쪽 다리를 심하게 삐어 반깁스를 3주간 하게 되었다. 태어나 병원 치료를 그렇게 길게 받은 것도, 반깁스라는 것을 해본 것도 처음이었다. 의사 선생님께서 되도록이면 움직이지 않는 것이 좋다고 하여 병가를 내고 싶은 마음이 굴뚝같았지만, 당장 이틀 뒤떠나야 할 체험학습과 몇 주 앞으로 다가온 수료식이 눈에 밟혔다. 어릴 적부터 부모님께서 강조하신 아파도 학교에 가야 한다는 말씀과 교사로서의 사명과 책무가 나의 발목을 잡았다. 결국 목발을 짚고, 선생님과 아이들이 밀어주는 의자에 앉아 3주를 버텼다. 한발로 콩콩 뛰어 수료식장을 꾸미고 테이블을 날랐다. 발 때문에 제대로 걷지 못해서인지 하루 종일 컴퓨터 앞에 앉아 업무처리를 해서인지 어깨까지 말썽이었다. 어깨가 내려앉는 듯한 고통과 발을 디딜 때마다 발 전체에 전해지는 아픔 때문에 울면서 일을 하는 지경에 이르렀다.

'내가 지금 여기서 뭐 하는 거지? 나 원적교로 돌아갈래!'

하루에도 수십 번씩 이 말을 되뇌었다. 하지만 이미 10월에 유예 신청을 해 놓은 터라 무를 수도 없었다. 10월에는 아이들과의 생활도 안정되고 순간순간 가슴 벅찬, 행복한 순간이 참 많아 유예를 결정했다. 무엇보다 내가 교사로서 한 단계 성장하여 머리가 아닌 마음으로 아이를 이해할 수 있게 된 것이 결정적인 이유였다. 이후 이 선택을 얼마나 후회했는지 모른다.

12월에는 눈앞에 보이는 아이들의 모습을 애써 외면했다. 아직 성숙하지 못한 아이들은 일 년간 지속된 원 생활에 하나둘 뻗기 시작했다. 아무것도 하지 않으려 하고 무조건하기 싫다는 말로 일관했다. 학교에 근무하면서 아이들을 포기한 적이 단 한 번도 없었다. 아무리 말썽꾸러기 아이일지라도 끝까지 매달렸다. 나는 담임을 맡으면서 내 학급의 아이를 유예, 자퇴, 퇴학시킨 적이 없었다. 그런데 이번엔 달랐다. 벌써 나부터가 소진되어 아이들을 붙잡을 여력이 남아있지 않았다. 교사의 삶이 보장된 다음에야 아이의 지도도 존립할 수 있음을 뼈저리게 느낀 한 해였다.

아이들을 보낸 후 2020학년도 3월 현재까지 나는 오롯이 나 자신을 채우는 시간들을 보내고 있다. 아침 9시부터 저녁 6시까지 함께 근무하는 것도 모자라 퇴근 후 선생님들과 숙소에서 같이 저녁을 해먹고 같은 방에서 잠들며 새벽 늦게까지 이야기하면서 서로를 토닥이고 있다. 이곳에 처음 왔을 때는 대안교육을 운운하며 교사로서의 포부에 가득 찼었다. 그런데 지금 나에게 남은 것은 선생님들이다. 결국 나는 이곳에서 2019년 한 해 동안 정말 귀한 인연을 만나 사람을 얻었다. 내가 어떤 아이디어를 내놓아도 내 생각에는 무조건 Yes를 외치며 끝까지 내 편이 되어주시는 든든한 양동근 연구사님, 나랑 함께 울고 웃으며 나이 많은 언니를 보살피느라 내 곁에서 고생이 많은 교육지도사 박영란과 전문상담사 이선진! 이들이 있었기에 2019년 이곳에서 버텨낼 수 있었다. 아마 이들이 없었다면 나는 끝없이 추락하였을 것이다. 이 글을 빌려 이들에게 진심으로 고마운 마음을 전하고 싶다.

📖 2020학년도 잘해보고 싶다

2020학년도 업무 분장이 발표되고 우리 팀 선생님과 처음 만나 내가 했던 말이다. 정말 올해는 잘하고 싶다. 작년의 실패를 타산지석 삼아 팀원들과 적극적으로 소통하고 효율적으로 업무를 처리하여, 어떤 아이들을 만나더라도 끝까지 포기하지 않는 교사의 삶을 살고 싶다. 내 교직 인생에 있어 어쩌면 부끄러운 2019년의 삶을 극복할 것이다. 그런 측면에서 본다면 2020년은 나에게 주어진 또 한 번의 기회이자 나의 파견을 실패로 마무리 짓지 말라는 하늘의 뜻인 것 같다. 물론 올해도 험난한 길이 예상된다. 하지만 아무것도 몰랐던 작년과는 다르다. 3월 현재 나는 2020학년도 1학기 국어 수업 계획을 구체적으로 수립하였고 교과와 연계한 체험학습을 대략적으로 짜놓은 상태이다. 기존 검인정 교과서들을 훑어본 후 내가 설정한 성취기준에 맞는 지문을 가져오거나 아예 새로운 내용을 집어넣어 수업 시간에 활용할 교재도 직접 내 손으로 제본하였다. 수업 시간에 사용할 수업 자료들도 이미 구입해 놓았다. 물론 아이들이 얼마나 나의 계획대로 따라올지는 미지수다. 그렇지만 내 옆에는 나의 든든한 동료들이 있고, 작년 실패의 경험이 자산으로 축적되어 있기에 올해는 두렵지 않다. 아이들을 끝까지 포기하지 않고 교사로서의 사명을 다하며 내가 할 수 있는 범위 내에서 내게 주어진 업무들을 정확하게 수행하고 싶다. 2020학년도 정말 잘해보고 싶다.

가랑비의 소리 없는 스며듦

김민정

📖 수업의 정체성을 고민하다

나의 교실 이름은 달팽이이다. 달팽이 교실에서는 천천히 깊게 읽는 슬로리딩을 주된 교육과정으로 진행한다. 달팽이 교실의 특징 중 하나는 교과서가 주된 학습 자료가 아니라는 점이다. 달팽이 교실에서 아이들은 교과서가 아니라 한 권의 작품을 마주한다. 방학마다 나는 교실 책장에 아이들과 함께 읽을 서른 권의 도서를 미리 준비하고 슬로리딩 교육과정 재구성을 구상하느라 쉴 새 없이 고민한다. 그리고 매 학기 설렘과 새로운 도전으로 출발한다. 아이들과 나는 온전한 한 권의 작품을 통해 매 순간 깊이 있는 배움 활동을 한다. 작년에는 소설 '아홉 살 인생'을 매시간 단어와 문장을 꼼꼼히 읽고 2015 개정 교육과정의 성취기준과 연계한 샛길탐구활동까지 실행했다.

중학교에 입학하면서 슬로리딩을 처음 접한 아이들이 대부분이었다. 중학교 생활에 적응하면서 슬로리딩 몰입독서도 이해해야 했다. 이 아이들은 올해도 달팽이 교실 아이들이며 그렇게 2년 동안 아이들과 나는 한순간도 허투루 쓰지 않고 숨도 제대로 고르지 못한 채, 배움을 향해 달려오고 있다.

작년에 이어 올해까지 11개의 반을 마주하면서 이런 생각들이 늘 맴돌았다. '나는 일주일에 단 한 번 아이들과 만난다', '성취기준과 평가를 연계하여 밀도 있는 수업 디자인을 짜야 한다', '어느 지점이든 학생 한 명 한 명에게 유의미한 배움과 가치 있는 성장의 순간이 있어야 한다'라는 고집을 넘어 사명감이라는 포장에 싸인 집착 같은 생각. 이 생각들은 수업 디자인을 꼼꼼하게 하는 데 도움은 되었지만, 한편 수업 그 자체로부터 나를 자유롭지 못하게 하는 가장 큰 요인으로 작용하기도 한다. 11개의 반을 일주일에 한 번씩 블록타임으로 총 22시간 수업하기에는 체력적으로 정말 무리지만, 육체적인 힘듦을 느낄 사이도 없이 수업 시간에는 아이들 하나하나 눈에 담고 성장하도록 애써야 했다.

중학교에 갓 입학한, 이제 겨우 초등학교를 졸업한 아이들에게는 중학교 생활 자체에 적응할 시간이 필요했을 텐데, 그런 여유를 갖기에는 한 반과 함께 할 시간이 턱없이 모자랐다. 이런 불편한 생각들이 아이들로 하여금 중학교 교실에서의 배움은 즐거움이 아니라, 일종의 고된 노동으로 받아들이게 했을지도 모르겠다.

나의 교실에 진정한 몰입은 있었을까. 도대체 몰입은 어디서 오는 것일까. 작품을 읽다가 궁금해서 꼬리에 꼬리를 물고 호기심 어린 눈으로 곱씹어 생각하며 자신만의 길을 찾는 성장의 과정을 경험하게 하고 싶었지만, 과연 달팽이 교실에는 몰입의 즐거움이 있었을까. 달팽이 교실의 첫 번째 교실 철학 '몰입의 경험'을 고민한 순간들이 내 수업의 정체성을 돌아보게 했다.

📓 주당 한 시간에 성취기준은 네 개

드디어 2학기 자유학기가 되었다. 평가로부터 조금은 자유로울 수 있는 절호의 기회. 좀 더 내 교실 철학을 아이들과 다양한 형태로 맛있게 요리해 보겠다는 생각에 1학기 중반부터 설렜다. 그러나 현실은 더욱 줄어진 아이들과의 만남의 시간이 떡하니 버티고 있었다. 한 반과 만나는 시간은 주 1회로 1학기와 동일했지만, 블록타임이 아니라 단 한 시간뿐이었다. 자유학기를 맞아 배움과 성장을 가득 품은 놀이터를 마음껏 펼치고자 했던 계획은 오히려 부담으로 다가왔다. 주당 한 시간이라니. 달팽이 교실의 첫 번째 철학인 '몰입'을 일부라도 실천할 수 있을지부터 의문이었다.

내가 맡은 성취기준은 자그마치 네 개. 슬로리딩 몰입독서를 하면서 성취기준과 연계한 평가까지. 이 모든 것을 효과적으로 설계한 수업디자인이 가능하긴 할지 의문이었다. 여름 방학 동안 불편한 마음을 한가득 안고 몇 날 며칠 고민만 계속했다.

그냥 슬로리딩을 접고 교과서대로 수업할까? 1학기부터 진행한 '아홉 살 인생'을 어떻게 해서든 끝까지 고집할까? 타협과 도전 중에서 어느 카드를 선택할지 선뜻 결정하지 못한 채 여름 방학이 끝나고 있었다. 그러다 떠오른 단어 '욕구'. 나와 아이들의 욕구는 어디로 향하고 있을지 곰곰이 생각해 보았다. 교과서대로 진행해도 좋았겠지만, 달팽이 교실이 담고 있는 철학과 연결되어야 한다는 과제가 여전히 남고, 1학기 때부터 '아홉 살 인생'을 슬로리딩 해 온 터라, 배움을 향한 욕구는 그 자리에 멈춰버릴 것만 같았다. 그렇다고 주당 한 시간으로 슬로리딩을 계속하기에는 시간적 한계가 너무 컸다. 궁하면 열린다고 했던가. 이리저리 고민하다 방향을 잠시 틀어 또 다른 시각으로 생각해 보았다. 슬로리딩의 '샛길활동', 그렇다. 성취기준과 샛길활동을 연계해서 교육과정 재구성을 하면 시간적 한계도 극복하고 학생들의 흥미를 반영하기에도 훌륭한 방법이라는 생각에 이르렀다. 2학기는 작품 자체를 이해하기는 잠시 멈추고, 샛길 프로젝트로 방향을 틀어 작은 그릇을 최대한 크고 옹골차게 만들어보자 싶었다.

그렇게 해서 작품을 온전히 감상하는 시간은 잠시 접어두기로 하고, 성취기준을 고려한 프로젝트 수업을 슬로리딩 샛길활동으로 설계했다. '아홉 살 인생'의 초반부에 나오는 아홉 살짜리 주인공의 눈에 비친 동네와 사람들에 눈이 멈추었다. '우리 동네'를 핵심 키워드 삼으면 되겠다는 생각이 들었다.

교육과정으로부터도, 성취기준으로부터도 자유로울 수 없었기에 제대로 된 교육과정 재구성이 관건이었다. 일단 성취기준 중 '목적에 맞게 질문을 준비하여 면담한다'와 '영상이나 인터넷 등의 매체 특성을 고려하여 생각이나 느낌, 경험을 표현한다'를 통합해 보기로 했다.

'아홉 살 인생'의 주인공 여민이의 눈에 비친 동네 풍경과 등장인물들을 보면서 과연 우리 아이들은 자신이 살고 있는 동네에 대해 잘 알고 있는지 물었다. 학교와 집, 학원을 오가며 시간에 쫓기다 보니 자신이 살고 있는 동네에 대해 자세히 알아볼 기회가 없었다고 했다. 아이들이 살고 있는 동네인 장유와 율하의 문화, 경제, 역사, 지명 유래, 특색이나 자랑거리, 나에게 특별한 장소, 소개하고 싶은 이웃들을 알아보는 것은 앎과 삶이 자연스레 이어진 배움 활동이 될 것이라 판단했다. '동네방네 우리 동네 탐험기' 샛길 프로젝트라는 이름으로 면담하기, 영상매체와 인터넷매체를 활용하여 동네를 탐방하는 첫걸음을 내디뎠다. 내친김에 조사한 장소 중 한 곳을 선택하고 '나는 우리 동네 홍보대사' 샛길 프로젝트까지 해 보기로 결심했다. 모둠활동이었기에 협업이 가장 중요한 과제였으나, 일단 아이들을 믿기로 했다.

🐌 나만 행복하면 그만인 수업

모둠원의 협업이 중요한 요인이므로 남학생 두 명, 여학생 두 명으로 하되, 자유롭게 모둠을 구성하도록 했다. 모둠 내 역할분담을 하고 자료조사와 면담할 대상 선정, 면담 질문 만들기 등을 수업 시간에 정한 후, 방과 후에 모둠이 함께 모여 실제 면담을 하거나 방문한 곳을 영상으로 담는 활동을 계속 이어갔다. 매시간 학생들은 조사한 내용을 정리하느라 분주했고 종이 칠 때마다 한 시간은 너무 짧다고 내뱉는 아이들의 볼멘소리가 내심 싫지 않았다. 드디어 달팽이 교실 속 배움의 순간이 얼마나 소중한지 아이들이 서서히 깨닫는 것이라 여겼다.

주어진 시간이 적다는 이유로 포기하지 않고 '오늘도 버텨내는' 아이들과 나를 칭찬해 가며, 배움을 향한 새로운 길을 한 걸음씩 걷는다는 마음에 흐뭇하기까지 했다.

활동이 원활하지 않는 모둠에는 피드백을 제공하면서 격려도 듬뿍하고 방향을 친절하게 제시했다. 아이들의 움직임이 분주할수록 '아홉 살 인생'이라는 작품 파악에 머물지 않고 자신의 삶과 연계한 배움이 원활하게 이루어지는 것으로 여겼다. 그건 나만 행복한 착각 속의 배움이었다는 사실을 깨닫는 데는 그리 오랜 시간이 필요하지 않았다.

시간이 지날수록 아이들의 협업은 삐걱거리고 네 탓, 내 탓을 외치며 안 하겠다는 의사를 여기저기서 표현했다. '주말에 모이기로 했지만 네 명 중에서 두 명만 나왔고 그마저도 나만 조사하고 정리했다', '나도 학원 보강이 있는데, 학원 가느라 못 모인다는 모둠 친구들이 많아 짜증이 난다', '초등학생처럼 우리 동네 탐방은 도대체 왜 하느냐, 몸만 힘들지 제대로 배우는 게 뭐가 있냐'는 불만들이 심심치 않게 흘러나왔다. 모둠활동이 주가 되었기에 완벽할 것이라 기대하지는 않았지만, 배움의 과정 속에서 너와 나의 장점을 발견하고 서로 다른 역량들이 모여 진정한 협업을 경험하며 서로에게 도움이 되길 바랐는데, 현실은 그렇지 못했다.

아이들의 투정을 듣는 순간마다 잠시 숨 고르기를 해야 했다. 중간 점검을 하며 '함께 배움' 속에서 더욱 성장할 기회를 마련했어야 했다. 성취기준을 하나 더 달성하게 할 것이 아니라, 이 수업의 방향과 가치를 모두가 함께 고민하고 협업의 중요성을 다져보는 시간을 가졌다면 어땠을까. 나는 과연 아이들을 믿고 지지하고 있었던가.

모둠이 협의할 시간이 부족한 것도 아이들에게 많은 부담이 되었다. 일단 배움 활동을 협의하고 정리하려고 하면 종이 친다는 것이었다. '아차! 내 욕심이 과했구나' 싶었다. 하나라도 놓치지 않으려고 무던히도 애쓴 수업 디자인이지만, 숨 쉴 틈도 없이 몰아치다 보니 즐거운 몰입이 아니라 공부 노동이 되었고, 하나도 제대로 익히지 못할 수 있겠다는 생각이 그제서야 들었다.

성취기준을 모두 달성해야 한다는 강박관념에 하나도 깊이 있게 배우지 못한 것은 아닐까 후회가 밀려왔다. 그야말로 망하고 실패할 판이었다. 여기서 멈춰야 하나. 방향키를 다른 곳으로 돌려야 하나. 아이들을 마주할 때마다 악마의 유혹이 불쑥 손을 내밀기 일쑤였다. 일단 칼을 뽑았으니 무라도 잘라야 하지 않겠는가. 인제 와서 되돌릴 수는 없었다. 망하는 중에도 혼신의 힘을 다해 머리를 맞대는 우리 아이들이 있지 않은가. 두 눈을 질끈 감고 두 주먹 불끈 쥐고 버텼다.

그럭저럭 한 학기 동안 샛길프로젝트 '동네방네 탐험기'와 '나는 우리 동네 홍보대사'를 마무리하기는 했다. 그러나 과연 앎과 삶이 연결된 배움이었는지, 아이들의 배움이 깊어지고 성장에 도움이 되었는지 성찰해 보면 나만 행복했던 것은 아닌지 반성해 본다.

잠시 숨을 고르며 아이들이 자신들의 배움을 성찰하고 수정하고 보완할 기회를 충분히 제공했었다면 더욱 단단한 성장을 가져왔을 텐데, 그러지 못했다.

📓 그래도 나는 멈추지 않고 아이들과 나의 욕구를 쫓아 가 보지 않은 길을 걷다

성공도 아닌, 그렇다고 완전한 실패도 아닌, 어정쩡한 배움이 마무리되었다. 실패가 패배로 머문다면 그다음 이야기는 이어지지 않는다. 여유라고는 찾아볼 길 없는 시간 속에서도 아이들은 머리를 맞대며 애를 썼다. 협업이라는 가치를 꼭 긍정적인 상황에서만 익힐 수 있다고 생각하지는 않는다. 협업이 제대로 이루어지지 못한 모둠 아이들은 협업의 중요성을 인식하고 다음 배움에서 자신의 역할을 돌아볼 기회를 갖는 것도 배움이다.

교실에서 교사의 움직임과 표정, 에너지는 그 자체로 배움의 기호이다. 주당 한 시간밖에 안 된다고 적당히 주저앉아 교실 철학과는 완전히 다른 방향으로 타협하는 교사보다 조금 힘겹더라도 끝까지 고민하며 노력하는 교사의 모습이 아이들에게는 배움의 기호로 기억될 것이라 확신한다.

약간의 불협화음도 그 자체로 성장을 위한 진통이 된다. 아이들은 블록타임이 몰입에 중요한 요인임을 인지했고, 배움 활동에 시간 관리의 중요성도 느꼈으며, 친구들과의 소통과 협업의 소중함을 몸소 깨달았다.

나는 멈추지 않고 교실 속에서 아이들의 시선을 좇아 배움의 욕구를 소중히 여기는 자세를 몸소 보여주었다. 그리고 아이들과 나는 가보지 않은 길을 손잡고 걸어갔다. 그 길에서 돌부리에 넘어지고 발등에 상처가 나긴 했지만 그래도 꿋꿋이 그리고 끝까지 걸어갔다. 그래서 이 실패는 패배가 아닌 성장을 안은 실패라고 스스로 칭하고 싶다.

📖 시나브로 옷이 젖는 그날까지

나는 '가랑비에 옷이 젖는다'는 옛말을 좋아한다. 옷을 젖게 하고 싶다면 억수같이 쏟아지는 소나기가 훨씬 좋겠지만, 갑작스러운 소나기는 오히려 감기로 고생할 수도 있다. 반면 가랑비는 흩뿌려지는 비라서 언뜻 보면 빗물인지 바람 속 물기인지조차 가늠하기 어렵다. 배움과 성장은 소나기로 한철 물드는 갑작스러움이 아니라 가랑비처럼 물드는 것조차 인지하기 어렵게 조용히 이루어져야 한다.

나는 4년 동안 슬로리딩을 내 교실의 큰 축으로 설계하고 공을 들이며 매일 교실 속에서 고군분투 움직였다. 슬로리딩은 긴 시간이 지나야 비로소 성장이라는 단어를 언급할 수 있기에 학생들도 교사인 나도 시간과 정성을 쏟아야 한다. 한철 소나기처럼 몇 번 쏟아붓고 결과를 얻을 수 있는 것이 아니기에 인내심 또한 필요하다. 가랑비와 같이 천천히, 꾸준히, 시나브로 그리고 자기 자신과의 만남에 오롯이 시간과 정성을 들이는 과정을 달팽이 교실에서 꾸준히 하고 있다. 천천히 가는 과정이므로 지치지 않고, 꾸준히 가는 과정이므로 내공이 다져지며, 시나브로 이루어지므로 자신도 모르게 성장한다.

두 걸음 중 한 걸음이 실패였다고 해도 괜찮다. 지금도 시나브로 옷이 젖고 물들기에 그 자체로 성장을 위한 과정이다. 적어도 달팽이 교실 속 나와 아이들은 성장을 위해 오늘도 망하고 실패한다. 실패가 두려워 망설이고 회피하기보다는 비록 처절하게 망하더라도 멈추지 않고 움직인다. 그것이 진정한 성장이다.

그래서 나는 오늘도 아이들과 한 뼘 성장할 교실을 위해 또 한 권의 책을 펼친다.

나는 오늘도 망했다

김지선

📖 수업을 '잘'하는 교사이고 싶었다

대학 졸업 후 발령이 나고 처음 수업을 할 때 난감하기도 했지만 젊다는 오기 하나만으로 '잘 할 수 있다'고 믿었다. 아이들에게 힘을 불어넣으며 아이들과 소통했던 덕에 수업은 물론 관계도 좋았다. 그때까지만 해도 '아, 아이들이 내 수업을 좋아하는구나! 난 정말 교사하길 잘한 것 같아.'라고 생각하며 아이들이 어떤 수업보다도 내 수업에 관심과 흥미가 많다고 믿었다. 적어도 그땐 그렇게 믿었다. 시간이 흐르며 수업을 잘하는 교사가 되고 싶었다. 아니 수업을 잘하는 교사란 이야기가 듣고 싶었다. 아이들과 동료 교사로부터 수업을 잘한다는 얘기를 들으면 좋겠다는 생각했다. 아이들에게 내가 아는 것들을 자랑하듯 펼쳐놓으면 아이들이 존경의 눈빛으로 바라보는 줄 알

있다.

지금은 없어졌지만 수업연구대회에 나가 상을 받으면 정말 수업에 통달한 교사가 되는 줄 알았다. 그땐 그랬다. 수업대회에 나가 상을 받았다는 선생님이 부러웠고 그 선생님은 수업을 정말 멋지게 할 것 같았다. 멋져 보였다. 나도 대회에 나가보고 싶다는 생각을 했다. 마침 내가 근무하는 학교 교장 선생님께서 젊은 선생님이 열심히 해야 한다며 얼떨결에 떠밀리다시피 나가게 되었다. 지금 생각하면 피식 웃음이 나는 일이다. 경험이 없던 교사 초창기라 긴장되고 떨리기도 했지만 선배 교사들이 하라는 대로 수업지도안을 만들고 수업준비물을 바리바리 싸 들고 대회가 열리는 학교로 갔다. 지금 생각하면 정말 우스운 일이지만 그땐 대회가 열리기 하루 전 대회 장소 학급에 가서 아이들과 미리 연습을 하고 호흡을 맞춰 놓기도 했다. 그러다 보니 거의 예외적 상황이 생길 수 없고 크게 긴장하지 않는다면 정해진 대로 수업하면서 질문하고 척척 대답하며 수업을 마쳤다. 교사가 이끌어가는 수업이니 돌발 상황은 거의 일어나지 않았고 아이들보다도 교사를 더 지켜보는 수업이었다. 진짜 아이들이 궁금한 질문은 나올 수도 없고, 준비한 상황대로 45분이 진행되는 것이다. 한 시간을 짜놓은 대로 예외 상황이 거의 없이 수업을 하고 심사위원의 심사에 따라 등급을 받는 것이다. 결과가 나오고 나는 당시 나 자신이 꽤 수업을 잘하는 교사라고 생각하고 있었다. 가끔 이 일이 생각날 때면 그때 내가 미리 가서 질문과 대답을 맞춰 놓았던 학급의 아이들은 어떤 생각을 했을지 부끄럽다. 그 아이들 중에 교사가 된 아이가 있을 거라고 생각하면 더욱더 부끄럽기만 하다.

그렇게 입상 등급을 받으면 인정을 받고 좋은 것인 줄로만 알았다. 그땐 그저 심사 결과에 우쭐하여 정말 수업을 잘하는 교사로 인정받는 과정으로 알았다. 난 높은 등급을 받은 교사가 부러웠고 그 교사들이 정말 훌륭한 교사라고 생각했다. 이런 대회를 거치고 나면 입상과 그에 따른 혜택이 대부분 승진에 필요한 점수를 쌓기 위한 목적이었음을 알게 된 것은 제법 시간이 지난 뒤였다.

어떤 수업이 '잘'하는 수업일까

나의 교사 초년 시절, 당시엔 아이들이 어떻게 배우는가 보다도 관심은 교사에게 집중되어 있었다. 수업에서의 관심은 교사의 테크닉에 집중되어 있었고 교사의 테크닉으로 수업을 '잘'하는 교사, 그렇지 못한 교사로 나누어 생각했던 것 같다. 수업을 '왜' 하는가에 대한 철학이나 가치는 생각하지 못했다. 오로지 오늘 수업 시간 무엇으로 어떻게 아이들을 즐겁게 해 줄까에 관심이 쏠려 있었다. 아이들이 어떻게 배우는가를 생각할 수 있는 깊이가 얕은 상태였다. 오직 아이들이 즐겁고 재미있어하면 잘 배우는 것이라고 생각했다. 그땐 그렇게 생각했다.

시간이 흐르면서 세상도 달라지고, 어느 순간부턴가 수업이 힘들어졌다. 학교 수업에 대한 아이들의 관심과 흥미를 높이기 힘든 세상이라며 주변에서 푸념과 힘듦을 호소하는 교사들이 많았다. 배움 중심수업이란 말이 널리 나돌기 시작하면서 나의 교실에서도 변화를 꿈꾸었다. 그동안 해본 적이 없었던, 아이들이 제대로 배우고 있는가, 어떻게 하면 아이들이 스스로 배움의 즐거움을 찾아가는 수업을 할 수 있을까 이것이 고민이었다.

어느 해 2학기부터 마침 매스컴에 오르내리고 있던 수업을 유심히 살펴보다가 '이거다' 싶었다. TV 속 어느 학교 교실에서 새로운 방식으로 수업이 바뀌고 아이들이 신나게 수업하는 모습이 비쳤다. 인터뷰 장면에서 교사는 수업이 즐겁고 아이들의 변화를 보았다, 아이들은 수업이 재미있고 스스로 찾아 공부하고 친구들과 함께 공부하는 것이 좋아 졸음이 올 틈이 없다는 얘기가 내 귀에 꽂혔다. 특히 학생의 얘기가 계속 귓가에 맴돌았다.

'나의 교실에서도 아이들의 저런 이야기를 들을 수 있다면…….' 하고 생각하니 벅찼다. 나도 수업을 바꿔야겠다고 생각했고 바빠졌다. 먼저 아이들에게 새로 진행할 수업을 안내하기 위해 자료를 준비하며 분위기를 고조시켰다.

아이들이 중학교에 올라오면서 힘들고 어려워하는 수업 중 하나가 사회과 수업이라고 한다. 초등학교 때 들어보지 못한 어려운 한자 어휘들이 많아 내용을 이해하기가 쉽지 않다. 교과서에 나오는 낱말의 뜻풀이부터 시작해 내용을 이해하기가 힘들어 아이들이 어려워하는 편이다. 나 또한 그동안 너무 친절한 수업을 해왔다는 생각이 들었다. 아이들은 아무 준비 없이 학교에 와서 친절한 교사의 수업을 듣고 점점 스스로 할 수 있는 힘을 잃은 아이들이 되어가고 있다는 반성이 밀려왔다. 이제부터는 좀 덜 친절한 수업을 해보자는 생각이 들었다. 제대로 되려나 하는 걱정도 있었지만 세상의 변화와 함께 나의 교실에서도 새로운 변화를 추구하고 싶었다. 그 해 2학기부터 나는 방송에서 본 수업을 찾아 나의 교실에서도 하나씩 따라 해보기로 했다. 앞서서 수업을 바꿔가고 있는 교실의 사례를 보며 나의 교실에 다가올 변화를 기대하며 들떠있었다. 그전엔 해 본 적이 없는 수업을 준비하느라 솔직히 바쁘긴 했지만 내일 수업 시간에 아이들이 신나게 집중하고 감동할 것이라 상상하니 설렜다.

2학기가 시작되던 날, 새롭게 진행할 수업을 안내했고 그때 아이들의 반짝이며 호기심에 찬(분명 나는 그렇게 느꼈다) 눈빛을 보며 나는 이미 성공적인 수업을 예감했다.

분명 아이들 입에서 '제가 졸지 않는 것이 신기해요.', '너무 재미있어요.', '집중이 잘 되고 너무 이해가 잘 돼요.' 등의 얘기가 나올 것이라 예상하며 혼자 흠뻑 취해 있었다. 하지만 나의 착각은 오래가지 않았다. 덜 친절한 수업이 시작되고 일주일도 되지 않아 아이들 사이에 말들이 떠돌았다. '선생님이 수업을 안 한다.', 심지어 수업 중의 활동에 대해 '종이접기는 왜 하냐.' '미술 시간이 아닌데 왜 그림을 그리냐.' '선생님이 설명은 안 해 주고 왜 우리한테만 시키냐.' 등 불만이 터져 나왔다. 예상을 빗나간 아이들 반응에 서운하기도 했지만 당혹스러웠다. 분명 내가 상상한 장면이 아니었기 때문이다.

나는 나름대로 새로운 수업에 대해 설명했고 아이들이 이해했다고 생각했는데 아이들의 불만스러운 반응에 당황했다. '이게 아닌데. 분명 아이들이 좋아해야 하는데……' 나 혼자서만 무슨 자신감에서인지 김칫국부터 마셨나 싶어 정말 부끄럽고 난감하기만 했다. 아이들과 제대로 통하지 못했던 수업에 스스로를 자책하며 복잡한 심정이었다.

무엇이 문제였을까. 지금 생각해보면 수업을 바꾸어 보겠다는 의욕은 충분히 넘쳐있었고 더 이상 늦출 수 없다 싶었고 마음이 조급해져 나 혼자서만 신나서 달려갔던 것 같다. 새로운 것을 시도하기 전에 아이들과 충분히 신뢰와 공감대를 쌓고 한 걸음씩 천천히 내디디며 아이들과 맞춰가야 했다. 아이들의 입장에서 보면, 2학기에 갑자기 수업 방식이 달라져 자신들이 계속 무언가 활동을 해야 하는 것이 힘들고 귀찮았을 것이다. 무엇보다 가장 중요한 것은 나 자신이 수업에 대한 근본적인 고민과 철학이 없었다는 것이 아닐까. 이 수업을 왜 하는가의 고민이 없는 상태로 시작했던 것이다. 왜 하는가, 왜 해야 하는가에 대한 고민이 없는 채로 그럴듯한 모양새만을 갖고 싶어 했던 것 같다. 다른 사람이 하는 것을 보며 내 교실의 아이들이 재미있어 할 것이라 생각했고 난 열심히 다른 사람을 따라 겉모양만 흉내 냈던 것이다. 재미를 좇아 방법만을 찾기에 급급했던 것 같다. 아이들이 다르고 교실의 분위기가 다른데도 다른 교실의 수업이 내 교실에서도 관심과 흥미를 가져올 것이라는 근거 없는 자신감과 섣부른 기대를 했다는 것은 나의 미숙함을 증명하는 것이리라.

📖 언제까지 망하는 수업을 해야 하지

교사의 의도와 아이들의 만족도가 딱 들어맞는 수업을 할 수 있다면 좋겠다. 지금은 아이들이 약간 서운한 반응을 보여도 영향을 받지 않고 나의 감정을 스스로 추스를 수 있게 된 것은 분명하다. 지금도 완벽한 수업을 해내지는 못하지만 부족함을 알고 인정하며 망한 수업을 차분하게 받아들일 수 있는 힘이 생겼다. 그리고 또 망하는 수업을 준비한다. 비록 실패하지만 넘어져 보아야만 일어날 방법을 찾게 될 것이니 말이다.

예전엔 교사는 아이들에게 전달자 역할을 충분히 잘하면 된다고 생각했다. 전달을 잘하는 것만으로 능력 있는 교사라고 믿었다. 정작 내가 이것을 '왜' 가르치는가에 대한 고민을 하지 않았다. 교사로서 가장 기본적인 것에 대한 고민 없이 전달자 역할만 하다 보니 진정한 나의 공부가 부족했고 형식에 얽매이는 수업에 신경을 썼던 것은 아닐까. 수업을 준비하고 운영하는 과정에서 나 자신이 먼저 변화하고 성장하는 경험을 해야 하지 않았을까. 아이들에게 가장 중요한 것은 무엇일까. 시간이 갈수록 아이들을 가르친다는 일, 수업을 한다는 것이 예사롭지 않게 다가온다. 내가 더 많이 알고 있음을 자랑이라도 하듯 떠벌리는 것이 어떤 의미가 있을까. 지식만을 전달하는 것이 아니라 자신의 삶을 통해 가르치고 아이들의 삶과 연결되는 수업이 되어야 한다. 더 중요한 것은 이것을 왜 가르쳐야 하는가 하는 질문을 통해 얻은 철학이 바탕이 되어야 한다는 생각이 든다. 그래야만 수업을 통해 교사 자신이 먼저 변화하고 성장할 수 있지 않을까.

해가 지날수록 아이들을 만나면서 '이 아이들이 오늘도 나에게 무엇인가 배우러 이 자리에 와 있지.' 하는 생각을 하면 정말 섬뜩하다. 오늘 하루 뭔가를 제대로 가르쳐주고 보내야지 하는 생각에 마음이 조급해지고 바쁘다.

어쩌면 매번 수업이 망하는 중요한 이유 중의 하나는 이것도 해야 하고 저것도 해야 하고 욕심을 부리다 보니 아이들을 조이면서 여유 없이 수업을 진행하기 때문은 아닌가 싶기도 하다. 욕심을 줄이면서 가지를 쳐 내야 하는데 정말 어렵다. 매번 내 맘대로 되지 않는 수업, 뒤끝이 개운하지 않은 수업, 언제까지 이렇게 망하는 수업을 해야 하나. 늘 경험하는 일이지만 계획한 수업이 항상 내 맘대로 되는 것은 아니다. 많은 수업 준비를 하고 두근두근 설레며 들어갔다가 수업을 마치고 교실 문을 나오면서 '내가 뭘 잘못 했나' 찝찝한 마음으로 나올 때가 있다.

오늘도 2교시 수업 시간이었다. 어제저녁까지 오늘 수업을 구상하고 학습지를 만들어 프린트하고 준비물을 챙기며 기대로 수업을 시작했는데 아이들은 시큰둥한 반응을 보이며 수업에 집중하지 않았다.

왜 이러지 하는 생각과 함께 힘이 빠진다. 쉬는 시간 교무실 앞까지 쭈볏거리며 따라오는 아이가 있다.

"선생님, 죄송해요. 아이들이 집중하지 않아서 속상하셨죠?" 제 딴에 힘이 빠진 내 모습에 신경이 쓰였는지 기특한 말을 건넨다. 귀여운 녀석이다. 그래도 이런 녀석이 있으니 힘을 내야지.

내 맘대로 되지 않는 수업, 하지만 그런 망한 수업을 통해서도 몰랐던 아이들의 마음을 알게 되고, 나 자신도 돌아볼 수 있는 계기가 된다. 언제까지 이래야 하는가 자괴감에 빠지지 말자. 낙담하지 않고 내가 할 수 있는 만큼 하자. 나는 나의 길을 가는 교사이다.

망망대해에서 표류하는 작은 배

오준석

📖 오늘도 나는 '하루살이' 교사

딸깍! 마우스를 클릭하여 모니터 속 기안문을 상신한다. 오늘만 기안문 3개, 알 수 없는 뿌듯함이 가슴속을 차오르며 고개를 들어 교무실 벽에 있는 시계를 본다. 벌써 4시를 향해 가고 있었다. 그 순간 머리 한구석에서 내일 예정된 과학 과정형 수행평가 준비를 하지 않았다는 사실이 생각났다. 심장박동이 빨라지고, 조급한 마음에 당장 무엇부터 준비해야 할지 허둥대는 사이에 시간은 점차 흘러만 간다. 급한 대로 책상 위에 놓여있는 중학교 3학년 과학 교과서를 펼치고, 컴퓨터 속 학습 자료 폴더를 클릭하여 자료를 불러오기 시작했지만 어디부터 시작할지 막막하기만 하다. 항상 새 학년 또는 새 학기가 시작하면 방학기간 등을 활용해서 그동안 허둥지둥 수업을 준비하는 일에서 벗어나 나만의 교육과정 계획을 세워 보다 질적으로 향상된 수업을 하자고 다짐했건만 올해에도 코앞에 닥쳐야 시작하는 나의 '하루살이'는 변함없이 반복되고 있었다.

나의 하루살이 교사 생활을 끊어내고 싶어 '자유학기제 콘서트', '교육과정 재구성', '교과 교육과정-수업-평가 일체화' 등 얼마나 많은 연수를 쫓아다녔던가. 많은 수업 친구들을 만나 독특한 교육과정을 구성하여 실천하는 사례를 보고 듣고, 고민을 함께 나누며 나도 도전하고 변화할 수 있다는 자신감을 가질 수 있었다. 현장에서 공유되는 많은 자료를 하나도 빠짐없이 컴퓨터 폴더에 가득 모아 채워 오고 앞으로 새롭게 변화할 나의 수업을 기대하며 돌아왔다. 하지만 어렵사리 모아 온 수많은 학습 및 평가 자료는 컴퓨터 폴더 어딘가에 묻혀서 존재 사실조차 잊어버렸다. 어쩌다 몇 개의 자료는 나의 수업에 접목하여 녹여내기 위한 노력보다는 당장 내일 수업 또는 평가 자료를 준비하기 위해 거의 베껴 사용하거나 여러 자료에서 좋아 보이는 내용과 틀을 조금씩 잘라 가져와 짜깁기하는데 사용할 뿐이었다. 실제 수업에 대한 구체적인 계획 및 전략, 학습 내용에 대한 평가 방법 및 영역 등에 대한 고민이나 교육과정 재구성 과정에 대한 노력도 없었다. 그저 코앞에 다가온 수업을 넘기기 위한 몸부림과 욕심만이 남아있었다.

이번에도 가까스로 준비를 마쳤다는 안도감도 잠시 수업 시간에 이루어질 활동에 대해 나 스스로가 온전히 이해하지 못했는데 무사히 마칠 수 있을지 걱정이 앞선다. 수업에 들어가기 전이지만 벌써 자신감은 한없이 낮아지고 수업에 들어가기 두려워지는 마음과 불안감은 높아질 뿐이지만 이제 어쩔 수 없다는 생각과 더불어 다음에는 미리 준비해야겠다는 기약 없는 약속을 마음속으로 외칠 뿐이다.

나는 언제 하루살이 교사에서 벗어날 수 있을까?

📖 나는 수업에서 두려움을 느낀다

몇 년 전 자유학기 관련 연수에서 자신의 수업사례를 발표하던 선생님이 했던 이야기 중에서 같은 교과 내용을 여러 차례 했음에도 수업 시간 아이들과 함께 하는 상호작용은 매번 다르게 이루어지기에 수업을 들어가는 시간이 다가올수록 언제나 설레고 흥분된다는 말이 기억에 남는다. 돌이켜보면 나 역시 매 수업마다 아이들과 함께 하는 상호작용이 달랐고, 같은 내용이지만 같은 수업이라고 느껴 본 적은 없었다. 수업은 같은 내용, 같은 아이들이 참여해도 매번 다르게 느껴지곤 했다. 하지만 나는 사례를 공유한 선생님이 느끼던 설렘이나 흥분감

대신 두려운 감정을 느낀다는 것이 다를 뿐이다. 나는 왜 수업에서 두려움을 느끼는 것일까?

나에게 있어 좋은 수업이란 정해진 시간 안에 준비한 활동에서 나는 조력자로서 모든 아이들의 참여를 이끌어내어 공동으로 문제를 해결하고 마지막에는 전체 내용을 내가 정리해주는 수업이다. 그렇지만 나에게 수업은 언제나 아이들의 반응들을 예측할 수 없고 항상 나의 예상을 뛰어넘어 당황스러운 경우가 많았으며, 주어진 45분 안에 내가 생각한 모든 내용을 마치기는 매우 어려웠다.

한 예로 '우리 고장 통영의 바다와 달의 운동에 대한 관광포스터 만들기' 활동의 목적에 대해 안내한 후 첫 번째 활동지 질문에 대해 작성하기 위해 밀물과 썰물의 발생 원인에 대해 간단히 설명한 후 우리가 사는 통영에서 볼 수 있는 달과 관련된 자연 현상에 대해 아는 것을 모두 적도록 안내하였다. 이곳 통영의 바다에 긴 시간 접한 아이들인 만큼 다양한 자신의 경험을 신나게 공유하며 이야기를 나누고, 자신들만의 주제를 정해가는 활기찬 모습을 볼 수 있을 것이라 기대한 내가 잘못된 걸까? 몇 분 뒤 모둠 책상 사이사이를 지나가며 본 아이들의 모둠활동지에는 주제 선정을 위한 아이디어가 거의 적혀있지 않았다. 순간 당황한 감정도 잠시 한 개의 사례도 적지 않은 모둠에 다가가 이야기해보았다. "밀물과 썰물이 일어나는 모습을 통영에서 본 적이 있어?" 아이가 대답한다. "한 번도 본 적 없는데요?" 순간 나는 당황할 수밖에 없었다. '통영에 사는데 바닷물의 밀물과 썰물을 본 적이 없다니, 청주에서 자란 나도 통영에 와서 산책할 때마다 보았는데.' 이게 말이 되나 싶었다. 다시 물어보았지만 바닷가나 항구 근처에 가보지 않아 잘 모른다는 대답만이 돌아왔을 뿐이다.

급한 대로 학생들에게 교과서를 읽히고, 달과 바다를 다룬 다큐멘터리를 겨우 찾아 일부분을 시청하니 수업을 마치는 종이 치고 있었다. 다큐멘터리는 다음 시간까지 시청하게 되는 결과를 가져왔고, 그 후 부족한 시간을 메우기 위해 아이들의 배경지식을 고려하지 않고 내가 처음 계획한 시간 안에 산출물이 나올 수 있도록 수행평가 점수를 들먹이면서 몰아세울 뿐이었고, 그 과정에서 아이들의 소통과 협력적인 문제해결 과정은 사라져 갔다.

그 후 산출물 제작 활동에서도 문제는 발생하였다. 이제는 조금씩 활발하게 이야기하며, 본격적으로 아이들이 협력해서 문제를 해결할 것이라고 생각한 나에게 질문 폭탄이 쏟아져 들어온다. "이것도 돼요?", "이렇게 해도 돼요?", "이건 안 돼요?" 중학교 3학년 정도면 스스로 할 수 있는데 나에게 너무 의존

한다는 생각에 짜증도 났지만 최대한 겉으로 표현하지 않고 아이들과 이야기 나누며 조언해 주었다. 이렇게 정신없는 시간이 흘러 수업이 10분여 남아 활동 정리 및 다음 차시 안내를 위해 모둠별로 정한 주제에 관한 중간발표 시간에 다시 한 번 당황할 수밖에 없었다. 모둠별 주제 중 몇 개를 제외하고는 내가 조언이라고 말해준 내용 그대로 주제를 정해버린 것이다. 아이들의 문제해결능력을 키워준다는 나의 의도와 행동이 오히려 아이들이 나에게 더욱 의지하게 만든 것이다.

어느새 나는 수업을 들어가기 전에 두려움을 느끼고 있었다. 학생들의 반응에 적절하게 대응하지 못한 나에 대한 두려움이 아니다. 교실 안에서 아이들이 교과 내용에 대해 학습하고 또는 다양한 역량을 키우기 위해 진지한 고민 끝에 만들어진 수업이 아닌 임시방편적으로 급하게 다른 교사의 수업을 그대로 가져와 나 스스로도 나의 수업에 대한 확신 없이 수업에 들어가는 것에서 기인한 두려움이라고 할 수 있다. 나는 수업에서 아이들에 대한 배경지식이나 환경을 고려하지 않았다. 그저 나의 머릿속에서 가상의 아이들을 만들어 놓고 혼자 상상하며 수업을 계획하거나 매번 급하게 만든 수업은 그 과정에 대한 이해 없이 아이들에게 즉시 적용했을 뿐이다. 어쩌면 내가 느끼는 두려움은 수업을 준비하는 과정에서 이미 예정된 결과일지도 모른다.

나는 언제쯤 수업에서 아이들의 질문을 즐기며, 두려움보다는 설렘과 흥분감을 느끼며 수업할 수 있을까?

나는 누구를 위한 수업을 하였는가?

과학교사인 내가 수업에서 가장 많이 고민한 점은 아이들이 과학이라는 교과에 보다 많은 관심을 가지고 참여하는 것이었다. 더 솔직히 말하면 과학을 싫어하는 학생들도 과학 시간에 잠을 자지 않고 활동에 참여하고 내가 나누어준 학습지에 한 줄이라도 내용을 정리하며 그 속에서 재미를 느끼는 수업을 만들고 싶었다. 그래서 내가 원하는 바를 이루기 위해 과학 교과서 속 내용을 강의식 수업보다는 교과 내용과 연계된 포스터, 그림 등의 산출물을 만드는 활동 중심으로 구성하였다. 또한 신기하고 재미있는 과학실험 등으로 나의 수업을 채우기 위해 유명한 과학 선생님의 홈페이지나 블로그 등을 뒤지고 유튜브 영상을 찾아 이리저리 헤매고, 이렇게 찾은 다양한 자료들을 탐구보고서나 학습지로 만들어 왔다.

이렇게 한 개의 수업자료를 만들면 나도 괜찮은 과학교사구나라는 생각도 들고, 실제 수업과정 속에서 아이들이 참여하여 신기하고 즐거워하는 반응을 보이면 아이들이 보다 과학을 좋아하고 흥미를 가지게 되고 그 과정에서 다양한 교과 내용을 배워간다고 생각하기도 했다. 하지만 나의 생각은 2년 전 졸업을 앞둔 중학교 3학년인 한 아이와의 대화에서 산산이 부서졌다. 평소 과학을 좋아해서 점심시간에도 내가 있는 과학실에 자주 놀러 와 이야기도 자주 하고, 과학 동아리에 열심히 참여한 아이여서 나의 질문에 솔직하게 대답해줄 것 같아 "선생님과 함께한 1년 동안의 과학 수업이 어땠어?"라고 질문을 하였는데, 아이의 대답은 내심 칭찬을 기대하고 있던 나의 마음을 아프게 했다.

"선생님의 수업은 재미있고 다른 교과 수업과 다르게 활동이 많아서 잠이 오지는 않는데 1년이 지나고 생각해보면 어떤 활동을 하고 배웠는지 기억이 잘 안 나요."

그 순간 무언가에 의해 나의 머리를 한 대 맞은 듯했다. 단순히 생각하면 '선생님이 1년 동안 열심히 가르쳤는데 그 새 까먹었어?'라고 말하며, 내심 아이를 탓하며 가볍게 넘어갈 수 있을 듯했지만 나에게는 그동안 몇 년에 걸쳐 나름 노력해온 나의 수업이 부정당한 기분이었다. 나는 강의식 수업으로만 이루어진 과학 수업은 아이들에게 배움을 불러일으키지 못한다고 생각하여 이를 바꾸기 위해 노력하였다. 그래서 다양한 형태의 활동으로 수업을 바꾸었는데 아이는 그 속에서 유의미한 배움을 가지지 못했다는 사실이 너무 힘겹게 다가오고 있었다.

내가 생각한 '활동이 중심이 되는 수업'이 '학생활동 중심 수업'이라는 착각과 함께 수업 활동에서 시끌시끌하고 북적이면서 무언가 하고 있는 아이들의 겉모습에만 만족하여 실제 배움이 일어나는 과정을 면밀히 살피지 못했다. 나의 수업을 보기 위한 진지한 성찰에 힘쓰기보다는 수업에서의 북적임이 그저 좋은 수업이라는 착각과 더불어 나 혼자만 만족하는 이기적인 수업을 진행하고 있었던 것이다.

'그동안 나는 누구를 위한 수업을 하였고, 학습에 대한 만족감과 배움은 누구에게서 일어났을까?', '수업에서 아이들이 자발적으로 참여하여 다양한 형태의 역량을 기르며 배움이 일어나고 단순한 수행의 개념을 넘어서 성취의 경험을 얻을 수 있었을까?' 오늘도 많은 생각들이 나의 머릿속을 헤집어 놓는다.

🔖 망망대해에서 표류하는 작은 배

앞선 여러 이야기에 대한 해답은 당연히 찾지 못하고 있다. 때때로 나는 끝이 보이지 않는 바다에서 목적지를 찾기 위해 다양한 방법을 동원하여 이리저리 항해하다 점차 목적지 근처에 왔다는 생각이 들어 주변을 살피면 아직도 보이지 않는 미로 속에서 표류하고 있는 작은 배와 같다는 생각이 들 때가 많다. 미로를 빠져나가는 정답 아니 해법은 있는 것일까?

이 글을 처음 쓰는 순간만 해도 나의 실패 그리고 성장 및 성취로 글을 마무리해야 한다는 생각이 가득했는데, 글이 끝나는 순간까지 나의 걱정 그리고 후회만 가득 담은 듯해 끝을 맺기가 망설여지기도 한다. 하지만 이 글의 목적은 나의 수업을 공개하고 좋은 점을 말하거나 나의 성취를 공유하기 위한 것은 아닐 것이다. 누군가에게 나의 성취를 공유하기보다는 끝이 보이지 않는 바다 한가운데에서 '나 여기에 있어요! 나 좀 도와줘요! 우리 함께 해요!'라는 구조 신호라고 생각하면 좋을 것 같다. 미로를 빠져나가는 해법은 처음부터 없을지도 모른다. 교실 또는 학교라는 공간에서 벗어나 주위를 돌아보면 어떨까. 아마도 나와 우리 주변에는 함께 같은 것을 고민하는 많은 수업 친구들이 있을 것이다.

다행인 것은 지난 11년 동안 표류하며 주변을 둘러본 결과 나와 같이 표류하며 보이지 않는 해법을 찾는 많은 수업 친구들이 있다는 점이다. 나만 이러는 것이 아니구나 하는 안도감과 더불어 해법을 찾아가는 동료가 있다는 생각에 힘이 날 때도 있다. 이처럼 우리가 서로 떨어져 작은 배가 되어 각자 교육이라는 망망대해에서 헤매기보다 서로가 자신의 존재를 드러내고 함께 공유한다면 보다 나은 방향으로 한 걸음 한 걸음 나아가지 않을까?

나의 친구들

최주식

학교라는 특수한 환경에서 직업을 가지고 살다 보면 인생과 같이 다양한 상황이 교실에서 발생한다. 그 교실 속에는 다양한 아이들과 친구들이 존재한다.

📖 이런 친구가 있다

아이들이랑 있을 때 과도한 행동과 무분별한 욕설로 주변 사람들을 불편하게 만드는 친구가 있다. 학기 초반 아이에 대한 소문을 퍼뜨려 학급 적응에 어려움을 준 친구가 있다. 두 아이에게 찾아가 서로를 이간질하며 싸움을 붙이고, 말리는 아이들에게 끼어들지 말라고 소리치는 친구가 있다. 수업 시간 판서하는 선생님 몰래 일어나서 아이들을 웃게 만들며 수업에 집중하지 못하게 하는 친구가 있다. 자신이 만든 랩으로 부모님과 아이를 비하하며 웃음거리로 만드는 친구가 있다. 함께한 일을 자신은 절대로 하지 않았다고 말하며 아이들에게 책임을 넘기는 친구가 있다. 휴대전화기를 내야 하는 교칙을 지키지 않고 거짓말의 꼬리를 계속 물고 들어가다가 조사를 통해 발견하게 된 친구가 있다. 교실을 엉망으로 만들고 정리할 기회를 주었지만 도망치는 친구가 있다. 자신이 당하면 기분이 나쁜 줄 알면서 다른 아이에게 기분 나쁜 행동을 했을 땐 몰랐다고 말하는 친구가 있다. 아침 등교를 교실 창문으로 하는 친구가 있다. 장난치다가 서로 기분이 상해 주먹질하는 친구가 있다. 이상한 행동을 친구에게 시켜놓고 멀리서 지켜보며 즐거워하는 친구가 있다. 몸이 불편하거나 무거운 짐을 들고 갈 때 사용하는 엘리베이터 앞에서 걸어 올라가길 권유하지만, 전혀 듣지 않고 무작정 엘리베이터에 타서 문을 닫는 친구들이 있다. 간식을 나눠 줬는데 보는 앞에서 그 쓰레기를 바닥에 버리는 친구가 있다.

📖 이런 친구가 참 싫다

나는 친구가 참 싫다. 어제 남아서 함께 시간을 보내야 했던 친구가 아무 말도 없이 가버렸다. 아침 자습 시간 눈치는 보는 것 같지만 먼저 와서 어제의 일을 이야기하지 않는다. 그리곤 숙제가 많다고 투덜거린다. 이미 마음이 틀어진 나는 그 친구의 행동이 마음에 들지 않는다. 내가 먼저 어제의 일을 써보라고 종이를 내민다. '내가 왜 이걸 써야 하는 건가?'라는 친구의 반응에 마음이 불편하다. 어제 그냥 간 것에 관해 이야기한다. '하루 정도 빠질 수 있는 것 아닌가?'라는 식으로 말을 한다. 불편하다. 듣기 거북한 이유를 나의 논리로 뭉개버리고 싶다. 잠시 둘만의 사간을 가진다. 내가 친구를 괴롭힐 방법을 고민한다. 쉬는 시간 나와 함께 시간을 보내는 괴로움을 선물해 주기로 마음먹었다. 싫다고 한다. 왜 벌을 받는지 이해시키는 말을 한다. 그런데도 기분이 상한 친구는 불평 가득한 표정과 행동으로 숙제가 너무 많으니 가기 싫다고 투덜거린다. 숙제를 함께 챙겨서 학년 실 앞에 마련된 책상에서 해결할 수 있다고 타이르듯 데리고 이동한다. 그리고 수업 시간표를 확인하고 함께할 쉬는 시간을 약속, 아니 강요한다.

나는 친구가 참 싫다. 교실에 와보니 공책이 눈처럼 흩날리며 찢어져 있다. 누군가 의도를 가지고 던지고 논 것으로 예상된다. 이런 상황은 쉽게 정리된다. 흩날린 종이를 찢은 친구들이 나와서 종이를 치우면 된다. 3명의 친구가 함께했다는 아이들의 증언을 통해 함께 치우고 가길 부탁했다. 그런데 이상하게 한 친구가 자신은 이 일에 참여하지 않았음을 강하게 표현한다. 함께 놀았던 3명의 친구가 서로 분열되기 시작했다. "너도 했잖아?", "난 아무것도 안 하고 너희 둘이 던지고 놀았지." 다툼 속에서 쉽게 인정하지 않는 한 친구의 모습에 불편하다. 만약 그 친구가 했다면 2명의 친구가, 했으면서 안 했다고 하는 다른 한 명의 친구가 너무 미워질 것 같다. 치우는 활동은 하지 않고 싸우는 친구들 모습이 답답하다. 결국, 하지 않았다는 친구를 보낸다. 2명의 친구가 남아서 치우기로 했다. 둘의 불평이 끝이 없다. 했는데 안 했다고 거짓말하는 거라고 투덜거린다. 내 입에서 험한 말이 나온다. 답답하다. 모르겠다. 다 밉다.

나는 친구가 참 싫다. 반에서 아이들이 학년 실로 찾아왔다. 두 친구가 싸웠다고 한다. 어떻게 된 일인지 물어본다. 둘은 싸운 게 아니라고 한다. 장난으로 싸우는 척을 했다고 한다. 왜 싸운 척을 한 건지 알아보니 한 친구가 싸움을 붙였다고 말한다. 그 친구는 두 친구에게 따로 찾아가서 "너 쟤랑 싸우면 누가 이기는데?", "야 쟤가 너랑 싸우면 이길 수 있다고 하던데?"라는 말을 전달하며 싸우는 방법을 알려준다면서 친구를 괴롭혔다고 한다. 그리고 결국, 둘은 싸우게 됐다. 몸으로 장난 정도 치려고 했는데 싸움을 붙인 친구가 친구들을 모아 싸움 구경을 만들었다. 몇몇 친구들이 말리려고 했는데 싸움 붙인 친구는 끼어들지 말라고 소리를 지르며 계속해서 싸우게 했다. 둘을 보내고 싸움을 붙인 친구를 불렀다. 왜 그렇게 했는지 물어보니 장난이라고 한다. 이유가 그냥 장난이라고 한다. 반에서 서열을 정하는 장난을 치고 싶었다고 한다. 장난으로 싸움을 하게 한 거였다고 말한다. 말리는 친구들을 막은 이유는 좀 더 분위기가 고조되면 자신이 말리려 했다고 변명한다. 상식적으로 이해되지 않는 행동에 너무도 진땀이 나고 지친다. 어떻게 해야 할지 모르겠다. '하지 말라고 말만 하면 되려나, 학교 징계를 줘야 하나, 싸움은 붙였지만 진심으로 싸운 건 아니니까 큰일은 아닌가, 부모님에게 알려야 하나.' 버럭 화를 내버렸다. 아이들과 나에게 피해를 주는 친구의 모습에 너무 화가 난다.

나는 친구가 참 싫다. 아침 등교 시간 휴대폰 가방을 열어 각자 이름을 부르며 수거된 휴대폰을 확인한다. 비어있는 곳의 번호와 이름을 부르지만, 친구는 폰을 집에 두고 왔다고 말한다. 아침 조례가 끝나고 휴대폰 가방을 챙겨 교실을 나왔다. 2교시 쉬는 시간이 되었을 때 한 친구가 찾아온다. 어떤 친구가 교실에서 휴대폰을 가지고 있다고 말해준다. 교실로 가서 친구에게 휴대폰을 내라고 말한다. 없다고 말하는 친구. 친구들이 말해줘서 내가 왔다고 말하지만 진짜로 가지고 있지 않다고 말한다. 찾아보지만 가지고 있지 않다. 봤다는 아이들이 거짓말한 걸까? 한참의 실랑이 결과 휴대폰을 친구에게 맡겨 놓았다는 사실을 알게 된다. 교칙에 따라 휴대폰을 일주일간 압수하게 됨을 알린다. 투덜거리며 돌아가는 친구를 보며 왜 그렇게 해야 했는지 잠시 궁금증을 가지고 이해하려고 하다가 그냥 화나는 마음만 추스른다. 2일 정도 휴대폰을 보관하고 있는데 학부모님께 전화가 온다. 휴대폰을 돌려줄 수 없느냐고 왜 일주일씩이나 압수당해야 하냐고 버럭 화를 내신다. 당황스럽다.

나는 친구가 참 싫다. 종례를 하고 교실 앞을 지나는데 친구 한 명이 찾아온다. 자신을 괴롭힌다는 친구가 있다고 말한다. 두 친구를 불러서 무슨 일인지 물어본다. 서로 욕을 했다고 한다. 그런데 모두 상대편이 먼저 욕을 해서 같이 욕을 했다고 한다. 욕에는 성적인 용어가 사용될 때도 있고 동물이 나올 때도 있고 부모님을 욕할 때도 있다. 한 친구는 성적인 용어의 욕을, 다른 친구는 부모님을 성적인 용어와 동물로 비유하며 욕을 했다고 한다. 그래서 더 심한 욕을 당한 친구가 와서 괴롭힘을 당했다고 말하는 것이다. '지금부터 나는 무엇을 해야 할까?' 고민한다. '욕을 더 심하게 한 친구에게 사과를 시키면 끝이 나는 걸까?' 하지만 그 친구는 자신만의 타당한 근거를 제시하여 불공평함을 토론하며 사과를 먼저 하는 것을 거부한다. 먼저 욕한 것이 잘못이라 생각하고 접근하니 둘 다 안 했다고 울상이 되었다. 곤란한 상황에서 먼저를 빼고 욕한 것에 대한 잘못을 인정시키고 먼저 사과가 아닌 각자 사과를 하게 한다. 이렇게 진행된 사과는 아이들에게 '친구에게 욕을 하지 않겠다는 반성의 기회를 주는 걸까?'라는 의문이 들지만, 지금은 급한 대로 마무리를 짓고 집으로 보낸다.

나는 친구가 참 싫다. 복도에서 공을 차고 있다. 공 차는 것이 위험함을 알리고 차지 말라고 공을 압수한다. 다음 시간 복도에 아이들이 또 몰려있다. 가보니 신발장에 있는 다른 아이의 실내화를 꺼내서 축구하듯이 차고 있다. 실내화를 빼앗기 어려운 상황에서 실내에서 과격한 운동을 하고 있는 친구들에게 오늘 특별히 교실 청소를 하고 집에 갈 수 있는 영광을 준다. 서로를 탓하는 모습을 보이며 낙심하는 친구들 속에서 자신이 청소를 빨리 끝내고 가겠다고 종례시간 전에 청소를 하고 있는 친구가 있다. 그 친구는 다른 친구들이 청소하고 있지 않음을 불평하며 자신은 청소를 빨리 시작해서 더 많이 기여했기 때문에 먼저 가겠다고 친구들에게 말한다. 조금은 이상하고 타당한 논리를 다른 친구들은 무시한다. 그리고 문단

속 당번을 정하는 상황에 먼저 청소를 한 친구가 당첨된다. 다른 친구들은 청소를 제대로 하지도 않고 가는 것과 자신이 생각할 때 공정하지 않은 방법으로 문단속 당번이 정해진 것에 불평하며 결국 울음을 터트린다. 한 친구가 운다고 놀리자 버럭 화를 내고 욕을 하며 친구와 싸움이 시작될 때 내가 교실로 들어오게 된다. 괜히 청소를 시켜서 발생한 일이라 후회하며 싸움과 갈등을 풀어 주는 시간을 덤으로 가지게 된다.

🪟 내가 참 싫다

4년의 교직 생활을 하면서 많은 친구를 만났다. 예측 불가능한 교실 속 다양한 상황 가운데 문제를 만들어내는 친구를 붙잡고 수십 장의 경위서와 자기 성찰문을 작성한다. 서로가 더 좋은 학교생활을 위한 방법은 무엇이 있을지 쉬는 시간, 점심시간, 하교 후 시간 함께 이야기를 나눈다. 약속을 정해 다음의 발전을 기대하지만, 반복되는 문제와 지켜지지 않는 약속에 더 강한 벌이 부여된다. 혼자선 힘들 것 같아서 학부모님과 함께 방법을 찾아보지만 가정 상황을 알게 되면 친구 행동이 이해되고 안타까운 마음이 든다. 하지만 한편으론 노력해도 쉽게 변화하지 않는 상황에 좌절하며 흔들리게 된다. 이러한 사건의 반복은 즐거움보단 걱정을, 변화와 기대보단 어쩔 수 없다고 말하는 단념을 마음에 새겨준다. '난 왜 교사가 되었을까?' 따위의 고상한 고민의 답을 찾기보단 그 친구들을 보면 제발 오늘 하루 무사히만 지나가길 기도하게 된다. 쌓인 스트레스를 풀지 않으면 내가 힘들어 죽겠다며 퇴근 후 운동, 쇼핑, 종교에 최선을 다한다. 좋은 교사가 되고 싶어 임용을 준비한 순수했던 신규교사는 친구를 만날수록 지치고 힘들어진다. 학기 말이 되어 마무리할 때가 되면 그래 난 최선을 다했다고 자기 위로를 하고 친구를 다음 학년으로 올려보내지만 1년 동안 너무도 많은 시간을 함께 보낸 친구와는 인사도 하지 않고 학교생활을 하고 있다. 그리고 다시 새 학기가 오면 잘할 수 있을 것이란 기대감으로 아이들을 만날 준비를 한다. 하지만 나의 노력으로 변화되지 않는 친구들의 모습을 보면서 지쳐 간다. 이런 교직 생활이 반복되어 갈수록 마음이 참 힘들다. 교사인 나를 이렇게 만드는 친구가 참 싫다. 아니 친구 때문에 흔들리고 있는 교사인 내가 참 싫다.

🖂 그래도 포기하기는 싫다

'나는 과연 행복한 교사 생활을 할 수 없을까?', '그러기 위해서는 흔들리는 나를 포기하는 것이 좋을까?', '나를 이렇게 만드는 친구를 무시하는 것이 좋을까?', 정답이 있다면 그대로 하고 싶지만, 교실은 정답이 없는 곳 같다. 30명의 아이들은 반마다 다르고 교실 속 상황과 분위기는 매 교시마다 다르다. '다양하고 혼란스러운 상황 가운데 하나의 정답만을 찾아온 교사인 내가 무기력해지는 것이 당연한 것일까?' 정말 힘들면 그만두면 된다. 그럼 혼돈의 카오스 같은 교실에서 괴로워하는 일 없이 세상을 살아갈 수 있을 것이다. 하지만 현실 속의 나는 그런 선택을 쉽게 할 수 없다. '그렇다면 버텨야 하지 않을까?', '어떻게 버틸 것인가를 고민하고 공유하며 함께 해야 하지 않을까?' 나만 힘든 게 아니더라. 나만 미칠 것 같은 게 아니더라. 나만 울고 싶은 게 아니더라. 힘들지만 그럼에도 좋은 교사가 되기 위해 힘쓰는 선생님이 있더라. 이해할 수 없는 사춘기 아이들을 이해하기 위해 연수를 듣고 공부하는 선생님이 있더라. 정답이 없다는 것을 알지만 그럼에도 교실을 포기하지 못하는 선생님이 있더라. 아이들의 변화가 두렵고 무섭지만 지금 내가 포기하면 닥칠 미래가 더 무서워 결국 버티는 선생님이 있더라.

모두가 포기하지 않았으면 좋겠다. 싫고 힘들지만 포기하지 않는 선생님이 더 많아졌으면 좋겠다. 이제 막 교단에 서서 어떻게 해야 할지 모르며 힘들어하는 수많은 나와 같은 교사들,

많은 경력을 가졌지만 변화하는 아이들과 소통하기 힘들어 포기하고 싶은 교사들에게 힘이 되어주며 함께하는 선생님들이 더 많아졌으면 좋겠다. 그리고 지금 이 순간에도 아이들의 성장과 변화를 꿈꾸며 살아가는 수많은 선생님들이 계시기에 우리 친구들의 변화가 더디지만 분명히 나타날 것을 소망해 본다.

에필로그

"선생님의 교실에는 어떤 이야기가 있나요?"

선생님의 소중한 교실이야기로 에필로그를 맺으려 합니다.
다음 페이지에 선생님의 교실 이야기를 적어보세요. 그리고
이를 함께 나누고 싶은 분들은 2020년 12월 31일까지 이메
일로 보내주시면, 구름학교 단행본 '교실' 세 번째 이야기의
주인공이 될 수 있습니다. 자세한 사항은 기재하신 연락처
로 연락드리겠습니다.

문의 및 원고 접수
eugene09@naver.com (원고에 학교명과 이름, 연락처를 반드시 기재)